天下文化

BELIEVE IN READING

星空吟遊

謝哲青——著

VII 星空下的塔羅 · 達利 122
睜著眼睛就可以做夢

VIII 星空下的音樂 · 行星組曲 148
一趟百萬光年的旅行

IX 星空下的婚禮 · 天堂盛宴 172
七重天上的完美浪漫

X 星空下的夢想家 · 惠更斯 194
我們的世界，發現另一個世界

XI 星空下的流浪者 · 隕石 220
來自外太空的訪客

XII 星空下的冥想 242
看星星的理由

XIII 尾聲 / 星星的孩子 262

Contents

星空吟遊

目錄

I 序曲 / 童年的星光 004

II 星空下的飛行 · 小王子 016
當你呼吸過遠洋的風

III 星空下的建築 · 阿蘭布拉宮 038
阿拉的大花板

IV 星空下的畫布 · 梵谷 062
孤寂的盡頭仍有光

V 星空下的詩人 · 杜牧 082
坐看牽牛織女星

VI 星空下的命盤 · 榮格 102
破解靈魂基因

序曲

童年的星光

星星是什麼？

這問題就像嬰兒的微笑一樣自然。

——天文學家．卡爾薩根

小時候，我住在花蓮市區美崙山腳下，那是從日治時代就存在的公家宿舍。當時個子還不滿一百公分高的我，對於鄰近街弄裡每棟房舍的前庭、後院、竹籬、牆垣，手動打水幫浦、廢棄貨櫃廂房……，都相當熟悉：我知道哪家的果樹已經結實成熟，誰家的阿媽在午飯過後會到後院乘涼睡覺，也知道誰家的花園最美最豔，誰家每天晚上都會播放來路不明的八厘米影片。當時的玩伴都住在社區附近，我也知道他們住在哪裡，可是只要過了車水馬龍的中美路，省道的另一頭對年幼的我來說，是完全無法想像的陌生。

除了中美路北側以外，朝東方望去，幾條街外，是花蓮中學的大操場，再過去一點，就是煙波浩渺的太平洋。當時的花蓮港還沒拓建開來，濱海沿岸仍布滿了奇兀聳峭的巨大礁岩，從海岸路的陡坡下切到海邊，還得走一段不算短的山徑。

我常趁著大人們午睡時，偷偷溜到海邊，在礁岩間上上下下，不時還可以找到些有趣的小生物：海膽、海星、海葵、螃蟹、海參、寄居蟹……。玩累了，就坐在大石頭上，看熙來攘往的漁船，取笑蹲了一下午什麼也沒釣到的老伯伯。不過，最常做的，還是呆呆地望著遠方，那些飄忽閃動的天光流彩。

雖然回家後不免招來一頓責罵，年紀還小的我總是樂此不疲，明天再接再厲，繼續新的探險。對我來說，從花蓮中學到美崙溪河濱公園，中美路迤邐到太平洋，中間這幾條街道，就是我所知：世界的全部。

不過，孩提時代的探險，並不僅限於步行可及的邊界，同時也悠遊於瑰麗的天外。

東北風的季節，大家都就寢得早。這個時候，我會偷偷打開拉門，趴在後院的小陽台上，仰望漫天璀璨的星光。

* * *

冬季的銀河格外迷人，尤其在那個人工光源尚未氾濫的年代，我曾經就這麼躺著，看著天際那些說不出名字的星星。上古時代的邏邏人，說星星是釘住夜幕的銀釘，不！完全不一樣！你沒看到它們飄浮在外太空嗎？當時的我，可是認真地這麼認為。

我曾經問過大人們：「為什麼星星會發亮？」「是因為上面有火嗎？」「星星是熱的？還是冷的？」

大人們敷衍我的答案差不多都一樣：「那是星星啊！所以會發光」、「那是天堂的亮光啊！」

當我繼續追問下去：「星星幾歲？」「好像有的走得比較快！為什麼？」「為什麼顏色不一樣？」「它們是什麼做的？」「有人去過那裡嗎？」「它們為什麼不會掉下來？」

當然，也有好心的大人告訴我：

「天上的每顆星星，都是和太陽一樣的恆星哦！」

「如果每顆星星都是不一樣的太陽，為什麼晚上這麼黑？」

「因為星星離我們很遠啊！」

「可是星星有很多很多，加起來也很亮啊?!」

最後，大人們只能無奈地回答：

「等你長大就知道了。」

有些事，我不想長大以後才知道啊！為什麼現在不可以告訴我？

* * *

許多年後，我讀了美國文學家愛倫坡（Edgar Allan Poe）在一八四八年的散文詩《我得之矣》（Eureka: A Prose Poem），詩中他寫道：

如果星星是連續不盡的，背景的天空將呈現一致的光亮，就像銀河所顯示的，在如此的背景中，我們將看不到任何一個光點，星星將不復存在。因此，在這樣的情況下，唯一的可能，我們可以理解，透過望遠鏡在無數的方位發現宇宙的空隙，假設這無法用肉眼觀察的無形空間，因為距離的遙遠，那些光芒從未能抵達我們的世界。

Were the succession of stars endless, then the background of the sky would present us a uniform luminosity, like that displayed by the Galaxy – since there could be absolutely no point, in all that background, at which would not exist a star. The only mode, therefore, in which, under such a state of affairs, we could comprehend the voids which our telescopes find in innumerable directions, would be by supposing the distance of the invisible background so immense that no ray from it has yet been able to reach us at all.

當然，愛倫坡從沒受過任何天文學或高等物理的專業訓練，他卻以詩人的敏銳及清晰優雅的方式，「幾乎」正確地解釋為何黑夜不會被宇宙億萬星辰照亮的原因。

愛倫坡的文字，轉譯成大家都可以理解的意思，就是：

如果宇宙是穩定恆態的無限空間，而且平均分布著數量無限多的發光星體，那麼身在地球的我們，無論望向天上哪一個方位，都應該見到無數星體的表面，星與星之間不應該有黑暗，黑夜時整個天空都會是光亮的，星星應該填滿天空才對！

這項有趣的假設，天文學家克卜勒（Johannes Kepler）在一六一〇年就提出類似的看法，經過幾個世代不同學者的醞釀、思索與調整，最後由德國天文學家奧伯斯（Heinrich Wilhelm Matthäus Olbers）在一八二六年，提出了「夜空為什麼是漆黑」的疑問，我們稱它為「奧伯斯佯謬」（Olbers' paradox）。

夜晚的黑暗，印證了宇宙並非穩定恆態的。天文學家透過不斷的觀察、思考，繼續推演出「宇宙的年齡是有限的」結論，同時也成為「大爆炸理論」（Big Bang）的證據之一。

一個看似簡單，連孩子也會思索的問題，背後隱藏了宇宙初始的祕密。

童年的星光，承載著我的許多想像與失望，不過更多的時候，仰望夜空帶給我的，是某種深邃幽遠的溫暖，既奇異又親密的神祕感受。

許多年後，我逐漸明白，當時仰望星空，那份讓我夢寐縈懷的神祕感受，是幽遠亙常的「永恆」，是開闊浩瀚的「無垠」，是身而為人，第一次對時間與空間的超驗探索。

＊　＊　＊

許多年後，我離開了家，踏入充滿功利算計、平凡庸碌的現實人生。這段輕浮荒唐歲月中，我流連在煙水芳草間，耽溺於春花秋月的甜軟旖旎，在紅燭昏羅帳的放縱裡浪擲了青春。

生活中，只剩下笙歌達旦的走馬霓虹，與紙醉金迷的奢靡浮華。

童年純粹明亮的星空，愈來愈黯淡，愈來愈遠。

又過些年，我離開了島嶼，走向更寬闊的空白與未知。

我走過上古文明的滄桑，踏過現代都會的繁華，經歷了茹毛飲血的野蠻，也參加過冠蓋雲集的盛宴。我在非洲蘇丹喀土穆的尼羅河畔，與蘇非教派穆斯林在夕陽下一同舞蹈，歌頌造物的玄妙；在南太平洋的新喀里多尼亞群島，在歷經煎熬的成年禮考驗後，與薩摩亞少年少女歡慶踏入大人世界的慶典；在中東葉門的第一大港亞丁，我在宵禁的夜晚，透過鏽蝕的窗格，凝望在低空閃耀的南十字星。

在每個異鄉流落的歲月裡，我看盡人間豔影霓裳的熙來攘往，我也感受了隱藏在燈紅酒綠背後的人情冷暖，只有童年的星光，依舊緊緊相隨，不管我走到哪裡，來自百萬年外的星光永遠陪伴著我。

或許，在不同的國度，天上的星辰位置會有所不同，在挪威的北方邊城阿爾塔，我必須抬頭抑望，才能發現北極星的蹤影；在南大西洋的島國維德角，織女星於夏季來臨時，會在九十度角的天頂附近徘徊，居民則在這一天迎接新年的到來。

正如古代的游牧民族或水手一樣，每當仰望日月星辰的同時，在那一瞬間馬上明白，我離家太遠了。

＊　＊　＊

天上的星辰，永遠以最溫柔的方式，守護著人們的幸福與孤獨，而人們也將心情與願望，寄託給遙遠的星光。在浩瀚的天穹面前，人人平等，但幾乎每個人都看到不同的世界，得到不同的經驗。

一部分人從宇宙中淬取出神話，這些古老神話後來則演變成傳奇、故事與民間習俗；另一批人則由天體運行的節奏，歸納出經驗與常識，進一步將觀察經驗運用在航海、農耕、漁獵與天氣預測上。有一部分人則創造了一門以數學為基礎的科學體系，終其一生，想要窮究宇宙成住壞空的原因，抵達時間與空間的盡頭。而最後一種人，則純粹從仰望星辰中自我療癒，享受幻想與追夢的樂趣。但是，所有人專注的目光，以想像豐富了人類的生活。

在這裡，我沒有打算引介深奧的天文知識，也不想描述遠古人類探索星空的情形與進展，只想和你聊聊生活在地球上的人們，是怎樣看待星空。

我們會踏入民間流傳已久的故事傳說，你會發現，相同的天空醞釀出迥異的信仰，面對這些千奇百怪的天文萬花筒，往往令人神迷目眩，不知從何談起。其實，這些故事表面上看起來不盡相同，甚至相互矛盾，其中卻往往隱藏著微妙連結，透過數字與符號，我們可以推想神話、信仰、宗教、藝術的共同靈感。

糾葛在象徵與符號背後的心理動機，也映對著我們複雜多舛的生命境遇。專家學者嗤之以鼻的占星與塔羅，依舊對我們的生活具有某些程度的影響。占星學以另類方式引導我們認識自己、權衡抉擇，你也會發現，在所有神話傳奇中，都有一個無法以理性分析的精神核心，但這些精神能量總是可以啟動我們，奔向想像的未來。

即使在備受科學理性攻擊與考驗的現代世界，神話與神祕學，依舊流傳下來，靠的是它們生動的故事形態，與豐富的心理意象。

創作者則更深入去挖掘個人與集體、唯心或唯物、屬靈及屬世的藝術源泉：畫家梵谷在南法所看見的星空，與作家愛倫坡在美國巴爾的摩所看到的星空，並沒有太大差別；回溯千年，居住在羅馬帝國埃及行省亞歷山大港的天文學家托勒密，他所觀測到天琴座最明亮的恆星 Alpha Lyrae，與東方晚唐詩人杜牧在長安城所凝望的織女星，兩者即使有微妙的差距，也應該相去不遠。更重要的是，透過藝術家的目光，開拓了你我的心靈視野。

星空，是世界的倒影，生機盎然，充滿衝突與戲劇性，同時也帶來慰藉與平靜。不需要額外的裝備，只需要你好奇的心與眼，當你抬頭仰望時，會意外發現，這片星光從我們的童年開始，不曾改變，也未曾遠離。真正改變的，是不斷以純真換取智慧，逐漸滄桑的自己。

待在旅店的這幾天，
我把聖修伯里的書拿出來
又翻了幾遍。
在困躓窮途中，
他的文字，
保存了我心中苟延殘喘的柔軟，
讓我在糾結沉鬱的陰霾中
仍相信風和日麗。
他的優雅詩意，
在幽暗中化為星光，
成為我遙不可及的夢想。
他是我走入荒漠的唯一理由。

當你呼吸過遠洋的風

星空下的飛行・小王子

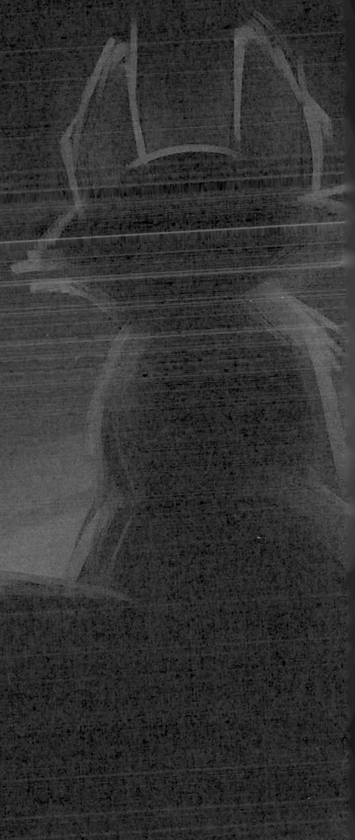

然後他又回到狐狸身邊。
「再見了……」他說。
「再見。」狐狸說：
「這就是我的祕密，很簡單：只有用心才能看得清楚，
真正重要的東西用肉眼是看不見的。」
「真正重要的東西用肉眼是看不見的。」
小王子重複說著，希望默記下來。

「你花心血照顧你的玫瑰，才使你的玫瑰變得重要。」
「我花心血照顧我的玫瑰……」
小王子說著，希望默記下來。

「人類都忘了這個事實！」狐狸說道：
「可是你不應該忘記，
你對你所馴服的東西永遠都有一份責任，
你該對你的玫瑰負責……」
「我該為我的玫瑰負責……」
小王子喃喃自語，希望記在心裡。

——— 聖修伯里《小王子》（Le Petit Prince，1943）

狂暴的沙塵自黑暗大陸中心襲捲而來，終日的咆哮令人心煩意亂。

關在邊境的破落旅店幾天後，客棧櫃檯無力地呢喃著：「應該快停了吧！」語氣透露出百無聊賴的倦怠。

那是一種具有腐蝕性及感染力的情緒危機，一開始只是欲振乏力的無精打采，混合著沒來由的焦慮，我知道，如果不去處理它的話，很快的，它就會蔓成嫉俗憤世的自暴自棄。

根據西元四世紀神學家Evagrius Ponticus的說法：倦怠是「正午邪魔」（noonday devil）的爪牙，是汙濁的黑暗，讓你陷入絕望而不自覺。倦怠是混合著困惑、了無生氣與冷漠的矛盾情緒，總是讓我們在迷惘中依稀覺得需要改變些什麼，卻又說不出口。

我把安托萬・德・聖修伯里（Antoine de Saint-Exupéry）的書，拿出來又翻了幾遍。在困躓窮途中，他的文字，保存了我心中苟延殘喘的柔軟，讓我在糾結沉鬱的陰霾中仍相信風和日麗。

我呼吸過遠洋的風，我在唇梢嚐過大海的味道。只要品嚐過那個滋味，就永遠不可

塔法雅・聖修伯里博物館

Always reluctant to discuss himself and his art, Hopper simply summed up his art by stating, "The whole answer is there on the canvas."[46] Hopper was stoic and fatalistic—a quiet introverted man with a gentle sense of humor and a frank manner. Hopper was someone drawn to an emblematic, anti-narrative symbolism,[52] who "painted short isolated moments of configuration, saturated with suggestion".[53] His silent spaces and uneasy encounters "touch us where we are most vulnerable",[54] and have "a suggestion of melancholy, that melancholy being enacted".[55] His sense of color revealed him as a pure painter[56] as he "turned the Puritan into the purist, in his quiet canvasses where blemishes and blessings balance".[57] According to critic Lloyd Goodrich, he was "an eminently native painter, who more than any other was getting more of the quality of America into his canvases".[58]

Conservative in politics and social matters (Hopper asserted for example that "artists' lives should be written by people very close to them"),[59] he accepted things as they were and displayed a lack of idealism. Cultured and sophisticated, he was well-read, and many of his paintings

能把它忘記。我熱愛的不是危險。我知道我熱愛什麼：我熱愛生命。

我透過沾滿塵土的毛玻璃，感受窗外忽明忽暗的天光，告訴自己：

「離開的時候到了。」

我沿著邊城唯一的公路離開，踽踽北行。

聖修伯里的優雅詩意，在幽暗中化為星光，成為我遙不可及的夢想。

他是我走入荒漠的唯一理由。

* * *

一九〇〇年六月二十九日，天真敏感的聖修伯里，降生在法國中部的葡萄酒鄉。如果說，文字也蘊涵風土（Terroir），那麼聖修伯里的文字，就像是清新細膩的勃根地，在輕盈中展現深沉的美感。

二十一歲的夏天，作家在史特拉斯堡取得航空執照，五年後，加入拉特克埃航空公

司（Lignes Aeriennes Latécoère），正式成為飛行員，負責土魯斯——艾蒂安港（Port-Etienne）航線的郵件運送。

當年執行郵遞任務的飛機，是量產於第一次世界大戰期間的布雷蓋十四（Breguet 14），這種雙座雙翼單引擎螺旋槳航機，其實有點不牢靠，偶爾會無預警熄火，需要緊急著陸維修。因此在布雷蓋十四出勤期間，基本上是飛行員與機師二人一組，同時再搭配前導機及阿拉伯翻譯，萬一發生故障，大家也感覺安全踏實些。

聖修伯里第一趟非洲的飛行任務，就因為操縱桿斷裂而在撒哈拉迫降。前導機繼續飛往中繼站求援，作家則帶著兩把手槍，戒慎恐懼地留在沙漠。

這一夜，聖修伯里在浩瀚壯麗的星空下，一

面守護他的飛機，一面傾聽著天地萬物的聲籟與寂靜……

人並非因為青春在只有礦物質堆疊的風景裡消蝕而恐懼，而是感覺到離自己很遠的地方，整個世界正在老去。歲月的腳步不斷前進，而人卻在他鄉身不由己……

——《風沙星辰》

在無垠的星空下，聖修伯里認識了真正的孤獨。

* * *

布雷蓋十四最大續航力只有四百五十公里，為了安全與補給，航空公司把土魯斯到艾蒂安港航線，配置成幾個分段點：土魯斯、巴塞隆納、阿利坎特（Alicante）、阿加迪爾（Agadir）、猶比角（Cape Juby）、西斯內

羅斯（Villa Cisneros）與艾蒂安港。一九二七年十月十九日，聖修伯里被任命為猶比角航空站站長。

作家在寫給母親的信中，形容為掩蔽在荒堙落日之中的猶比角，就是今天的摩洛哥小鎮塔法雅（Tarfaya）。

我搭著擠滿摩爾人、柏柏爾人與哈拉廷人的巴士，在幾天前，來到塔法雅。

像是被世界刻意遺忘，塔法雅坐落在撒哈拉沙漠與大西洋交會之處，令人感到無所適從的沙塵，終年不斷地向大洋深處颳去。這清冷的小城，讓我的旅程充滿迷茫徬徨。

幾百年來，基督徒與穆斯林來來去去，讓塔法雅的過去鬱結著矛盾與不快。一九七三年，西班牙人離開以後，北方的摩洛哥人與南方的撒

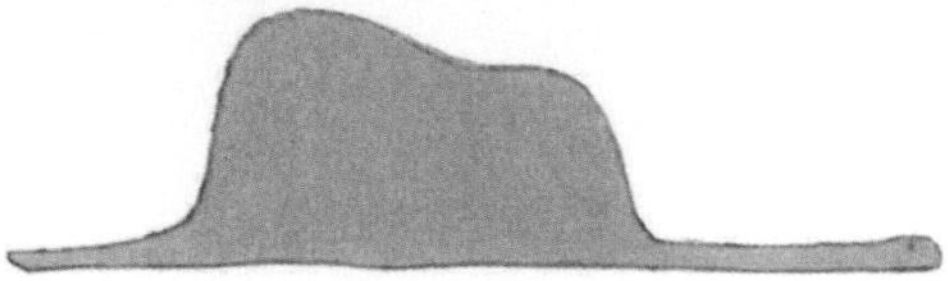

哈拉人為了這片土地的主權糾纏不清，直到今天，西撒哈拉仍被視為不存在的國家，塔法雅則成為三不管的孤城野鎮。

聖修伯里曾經駐紮十八個月的小航空站，看起來就像是美國西部片中會出現的那種監獄，單薄無力、乏善可陳。廢棄的機場跑道橫亙在大海與沙漠中間，在這一望無際的空曠中，航空站化為文明最後的堡壘，駐守在未知的邊陲。

博物館外的紀念碑，正是聖修伯里所熟悉的布雷蓋十四飛機模型。在烈日風沙中，鏽滿銅綠的飛機模型顯得特別滄桑。

根據作家在《南方信件》（Courrier Sud）的描述，航空站每個月一次的補給油輪，偶爾拜訪的郵遞專機，就是生活的全部。如果飛機沒有抵達下一個中繼站，他就得出發搜尋因為機械故障而迫降在撒哈拉的飛行員。

而其他無所事事的日子裡，聖修伯里就利用時間自學阿拉伯語，養了幾隻羚羊、變色龍與狐狸作伴，有空的時候，就蹓躂到附近的部落喝茶。在數不清個失眠的夜裡，他會就著星光，書寫沙漠的寂寞。

生活雖然孤單，聖修伯里卻覺得這樣嚴苛的環境很適合他。他在給母親的信中這樣說：「我很適合，也勝任愉快。」

當年的孤單小站，今天被當地民眾整理成聖修伯里博物館（Musée Antoine de Saint-Exupéry de Tarfaya）。二十坪見方的小房間，掛滿畫質不佳的海報及粗糙的飛機模型，與其說是博物館，它更像臨時拼湊搭建的告別式會場，沒有人真心誠意地想念，聖修伯里在此地曾經付出的青春。

* * *

我永遠忘不了聖修伯里注視她的眼神。她是如此嬌小脆弱，令他心生憐惜……她又是如此地令人難以忍受，總讓他忍不住訓斥她——我想像聖修伯里這麼做過。她讓他驚豔，也讓他迷惘，更重要的是，他深深地愛著她。如果說他是一隻毛茸茸的大熊，那麼她就是停靠他肩頭依人的小鳥……兩人的組合，活脫像是從迪士尼卡通走出來的人物。

聖修伯里一家合影。

作家姜松（Henri Jeanson）眼中這位個頭嬌小、飛揚跳脫的女子，就是日後聖修伯里的妻子——康綏蘿（Consuelo Suncín Sandoval）。

康綏蘿是位才華洋溢的藝術家，會畫畫、雕刻，同時也寫作，她以天馬行空的異想，帶領作家脫離地表現實。在康綏蘿面前，聖修伯里在撒哈拉蒙上風沙的老練靈魂，再度蛻化成拒絕長大的孩子。

我在博物館角落，發現了一幅聖修伯里與康綏蘿的合照。一百五十公分高的康綏蘿站在一百八十八公分高的聖修伯里身旁，顯得十分嬌嫩，後來才知道，這是兩人的結婚照。這位來自薩爾瓦多的奇女子，絕對不會為聖修伯里帶來他所期盼的平靜生活，康綏蘿的古怪任性，注定讓作家一生飄泊。

兩人的親密關係，總是和著激烈的爭執與平靜的溫存。彼此在情感中找到慰藉，卻也互相凌遲折磨。她是作家一生的摯愛，也是他最深的痛。

在兩人難捨難分的愛戀裡，《小王子》乘著流浪的小行星，拜訪地球，一九四三年四月，在紐約發行。

我擁有一朵玫瑰花，我每天都幫她澆水。我擁有三座火山，我每個禮拜都幫它們疏通，我連其中那座死火山也疏通。誰知道他們會不會爆發呢?!我擁有它們，我對我的火山很有幫助，我對我的花兒很有幫助。

——《小王子》

毫無懸念地，在書中，聖修伯里化為小王子，這朵令小王子掛肚牽腸的玫瑰花，就是聖修伯里的妻子康綏蘿。

小王子與玫瑰花所居住的小行星 B-612，是現實生活中康綏蘿度過童年的阿爾梅尼亞鎮（Armenia）。推開窗戶，就可以望見與薩爾瓦多歷史糾纏不清的阿帕內卡火山群（Cordillera de Apaneca），火山群中的聖安娜（volcán de Santa Ana）、伊薩克（Volcán de Izalco）、死火山瑟羅維德（Cerro Verde），化成小行星上的唯一地景。

我們總是在別人的小行星上水土不服，直到「愛」發現了我們。

在這顆流浪小行星上，小王子細心澆灌玫瑰花，每晚替她蓋上玻璃罩，保護她不受風

上圖：聖安娜火山
下圖：伊薩克火山（右）、瑟羅維德火山（左）

寒，除掉她身上的毛毛蟲，「傾聽她的自憐自艾、自吹自擂，有時甚至還靜靜聽著她的沉默無語。」

某一天，小王子向玫瑰花告別，負氣離開。這之後的每一晚，他都仰望著銀河，擔心只有四根刺的她，無法抵擋外界的侵略。

在流浪與追尋中，小王子才豁然明瞭：大人的世界，有許許多多的虛矯；自己的愛情，是如此的不成熟；而曾經擁有的，卻又是那麼珍貴。

你為你的玫瑰花所花費的時間，使你的玫瑰花變得那麼重要。

一般人忘記了這個真理。但是你不應該把它忘掉。你要永遠對你所馴養的負責，你對你的玫瑰花有責任……

真正的需要，是在我們心中「獨一無二」，是「無可取代的存在」。

我們喜愛《小王子》的原因，其實很簡單，透過聖修伯里的文字，我們進入深埋在意識底層的真實感受，把那些傷害我們的、曾經遺忘的或被忽略的，重新帶回生活中。在這段重返光明的黑暗旅程，小王子化身為天際的星光，指引方向，給我們信心，賦予我們純真與堅持的力量。

＊　＊　＊

成熟，是需要歲月淬礪、生活浸潤，最後用靈魂去磨難的天路歷程。在黑暗中仰望希望的聖修伯里，將生命投向夜空，化成漂流的小行星，或許，流浪才是作家生命最終的歸宿。

一九四四年七月三十一日，重返歐洲戰場的聖修伯里，駕駛一架P-38閃電式偵察機從科西嘉島起飛，前往法國南部執行任務，出發不久後失去音訊。三個星期後，歐洲戰場正式終結，殺戮雖然結束，作家卻再也沒有返航。

聖修伯里消失眾人眼前時，只有四十四歲。許多人回到他的書中，試圖從片語隻言中發現一絲希望。

夜裡，你仰望著星星。我家那顆星星太小了，我沒法給你指出它在哪裡。

箱根・星の王子博物館

不過這樣反而好。對你而言，我的星星就會是滿天星斗之中的某一顆。那麼，所有的星星，你都會喜歡看的。

——《小王子》

繁星滿天中，彷彿就藏著作家的神祕蹤跡。

《小王子》在二戰期間被納粹德國列為禁書，直到大戰結束後，大約一九四五年，法國才有機會出版。為了紀念聖修伯里，法國版本將小王子每天看日落的次數，改為四十四次。美國初版內容，原是小王子一天看了四十三次日落。

你知道的……當一個人覺得非常悲傷時，他總是喜歡看日落。

——《小王子》

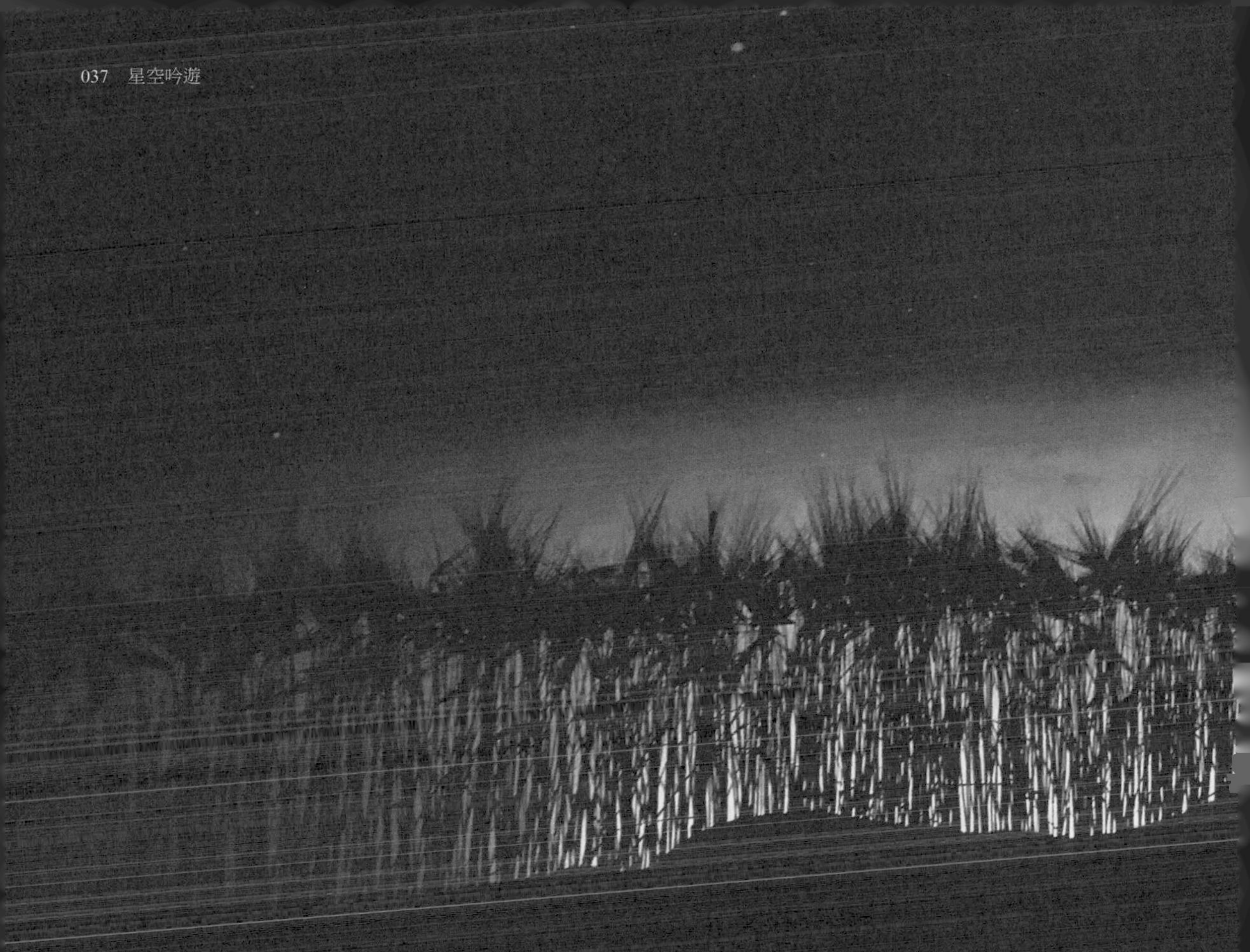

從此，在聖修伯里失蹤後發行的版本，都改為小王子一天看了四十四次日落。

有人說，這是對所有鍾愛聖修伯里的讀者，最溫柔的慰藉。

我坐在博物館外的台階，望著塔法雅為作家所立的飛行紀念碑。暮色中，布雷蓋十四彷彿再度發動引擎，隨時準備在夜空中飛翔。聖修伯里不曾離開，一如我們心中的純真從未消失，它只是被掩埋在歲月的風沙之下。

當我們再翻開聖修伯里時，你會發現，那份對生命純淨澄澈的熱愛，不曾改變。

在滿布可蘭經文的阿蘭布拉宮中，
連綴的八角星，
像是為造物主傳遞的訊息……
星空所象徵的，
不僅是人們對超脫現世、超越時間的追求，
也寄託了
凡俗對超凡入聖的渴望。

阿拉的天花板

星空下的建築·阿蘭布拉宮

想感受無限與永恆，
那就抬頭看看星星吧！

——— 科幻小說大師．艾西莫夫（Isaac Asimov，1941）

山路上，一群衣著華貴的落難皇族，拖著沈重的步履，離開那座曾經開滿石榴與香橙的絕美宮殿，他們世代居住兩百多年的阿蘭布拉宮（Alhambra）。想起橫亙未來的凶險，一行人頻頻回首，向昔日的幸福歡愉致上最後的哀悼。

在這支流亡隊伍裡，其中一位，正是格拉納達王國（Emirate of Granada）的末代君王阿布·阿布杜拉·穆罕默德（Abu Abdallah Muhammad），西方史書上大多稱他的拉丁名「波亞狄爾」（Boabdil）。

格拉納達王國是歐洲大陸上最後一個伊斯蘭政權，建立在伊比利半島南部，現在西班牙境內的安達魯西亞地區。一四九二年一月二日，來自北方基督世界的卡斯提亞女王伊莎貝拉一世（Isabel I de Castilla）和亞拉貢國王斐迪南二世（Fernando II de Aragón），完成了長達七百七十四年的收復失地運動；攻克格拉納達的基督教戰士，將象徵先知穆罕默德的新月旗從阿蘭布拉宮降下，以彌賽亞的十字架取而代之。

相傳波亞狄爾正要翻越埡口時，再一次回望那曾經讓他坐擁權勢和榮華的殿堂，不禁痛哭失聲。他的母親聽到後訓斥他：「面對敵人，你不像男人一樣挺身保衛自己的家園，反而哭得像個娘們！」波亞狄爾被罵後，果然收拾眼淚，嘆了一次氣，從此奔向前路，不再回頭。這塊告別的所在，後人稱為「摩爾人最後的嘆息」（El último suspiro del Moro）。

《天主教君王受降圖》，浪漫主義畫家 Francisco Pradilla Ortiz 將格拉那達王國江山易主的歷史，化為極具情感渲染力的戲劇場景，左邊騎黑馬的即是格拉那達王國的末代君王波亞狄爾。

下山後，這群穆斯林往南而行，渡過直布羅陀海峽，抵達非洲西北部的馬格里布，繼續侍奉真主。直到今天，聽說，居住在北非突尼西亞的少部分人，依舊保留著他們世代相傳的房約、地契與鑰匙，企盼有朝一日返回祖地。

阿蘭布拉宮的存在，成為摩爾人永恆的鄉愁。

＊　＊　＊

被尊為「天主雙王」的伊莎貝拉與斐迪南，抵達阿蘭布拉宮後第一件事，就是請神父用聖水將整座皇宮洗淨，再換上他們不曾穿過的絲綢錦緞，然後細細瀏覽這座用寶石及可蘭經文書寫的異教宮殿。

四百多年後，我佇足在阿蘭布拉宮前，望著那素淨樸質的大門，想像當年西班牙人首次踏入宮殿的驚喜激動。不過，當我穿越玄關中庭的瞬間，前所未見的異象即刻在眼前展開。

墨色濃烈的瓷磚鑲嵌、輕盈華美的窗櫺木雕，與手工細膩的灰泥紋理，鋪展了宮殿的每個角落。中世紀摩爾人經文吟唱的古韻，透過建築師的視覺演繹，以規整繁複的幾何，流動的阿拉伯花體書法，讓人們在空間中獲得舒緩。

ولا غالب إلا الله

這是一座感官的，歡悅的，卻又飄浮在空中的絕代建築，是冬夜銀河中最明亮的新星，是自中古時代流轉至今的美麗童話。

我穿過一間間的宮室，進入一檻檻門廊，走過泉水清淙的庭院，被遺忘的中世紀在晚照中甦醒。

從宏大壯觀的議事廳到後宮私人隱祕的小廂房，阿蘭布拉宮是旅人不願醒來的夢：在令人屏息的「桃金孃庭院」（Patio de los Arrayanes），倒影池映著湛藍與金黃的天光；牆上寫滿伊斯蘭詩歌與誓詞的獅子庭院（Patio de los Leones），讓這座中庭化為石砌的可蘭經、可以被閱讀的神聖空間。

指示進入宮殿的銘文，寫著：

在這扇門後，路在此分道揚鑣，後方有讓東方嫉妒西方的一切。

寫在獅子庭院的宣言是這麼說的：

你以多少精美的帳幔裝飾它，它琳琅繽紛的異彩讓我們忘記了葉門的錦緞。

雙姊妹廳（Sala de las Dos Hermanas）的詩文，讓天上人間在此相會：

這一夜，她在輕拂的微風中醒來
昴宿星團將以雙手呼喚著阿拉，祈求庇佑
深邃幽遠的夜穹中，不可言喻的美在其中若隱若現
雙子星伸出友誼之手，天上的滿月也親近地向她呢喃低語
而其他的明星，則深深地定於天際
就此佇立，不再飄蕩流浪

印刻在使節廳（Salon de Embajadores）上的可蘭經文，正代表著人世與宇宙的微妙連結：

祂無所不能、包容一切
祂創造了一重高於一重的七重天
你在這創造中，看不見萬能者的任何瑕疵

回眸凝望，你可看見任何裂痕縫隙？
你再凝視，當視線再度返回疲憊的肉身
你會看見，我們用燈火妝點這較低的天國……

阿蘭布拉宮在精神上延續古典傳統：亞里斯多德、畢達哥拉斯、歐幾里德、托勒密等人對宇宙的思索探討，在伊斯蘭科學家、思想家與藝術家手中獲得新生命，變得充滿彈性及延展性，既歡愉也實用。阿蘭布拉宮的使節廳，正是阿拉伯宇宙觀的具體重現。

我站在使節廳正中央，仰望繁星點綴的高聳圓頂，如果天堂真的存在，那看起來應該就是如此。

從宮殿、寺院、花園到陵寢，所有的伊斯蘭建築都有相同的母題：星空。隱藏在星空背後的，是根植於半島牧民靈魂深處的信仰基因。

＊　＊　＊

浪跡於旱漠沙海上的阿拉伯先民，在廣袤無垠的空白之中，度過嚴苛險峻的歲月。每年到了固定時節，人們會前往聖地天房（Kaaba）朝覲，這座位於現今沙烏地阿拉伯聖城麥加的禁寺，千百年來一直是阿拉伯世界的信仰中心。

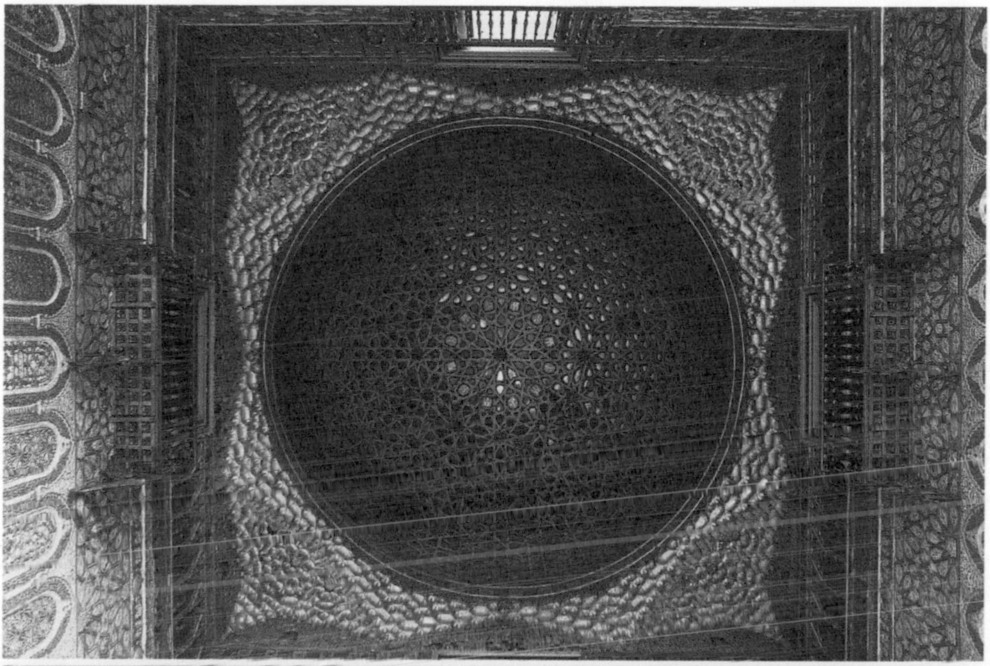

聖壇從中央的天房以輻射狀朝八方延伸，本身或許就是具體而微的宇宙圖騰。環狀的禁寺廣場，似乎是人類文化的原型意象，你可以在不同文化中找到相同的空間，它是宇宙與自我永恆的象徵，代表時空的完整性。

穆斯林朝聖者必須順著太陽運行的方向，繞行天房七次。繞著圈圈行走，意味著人不斷地回到起點，或許在生命的某一刻，你會發現每趟終點其實就是起點，而在迴旋中靜止不動的中心點，就是「永恆」。

這是難以言喻的終極意義，繞行同時，朝聖者隨時修正自己的方向，找回個人在社會世俗的中心，繞行成為動態的冥想。這和我們繞運動場跑步有異曲同工之處，在看似單調的無限迴圈中，我們的肉體全力以赴，即使到最後精疲力盡，心智卻在過程中獲得自由、滿足、昇華。

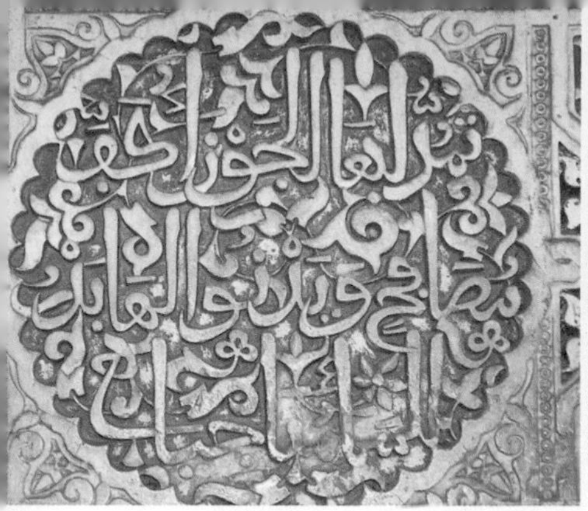

朝聖者沐浴在天地初始的光輝中，同時也感受到自己逐漸向永恆靠近。

當年，伊莎貝拉與斐迪南走進使節廳時，圓頂下的星空，一定讓這對天主教夫婦瞠目結舌：天井以天青石、紅寶石、綠松石、黃玉、紫水晶及琉璃鑲嵌而成。白天，陽光賦予它熠熠光采，夜晚，人們用燭火點燃星空，透過寶石折射出來的星輝，模擬來自天外的浩瀚滄茫。

在使節廳星光燦爛的穹頂下，哥倫布向女王伊莎貝拉陳述他天馬行空的航海計畫。這位無畏的投機家相信，在主耶穌與北極星的護佑指引下，必定能發現通往印度的新航路。

幾個月後，哥倫布正式獲得皇家派遣，揚帆往西而去。

* * *

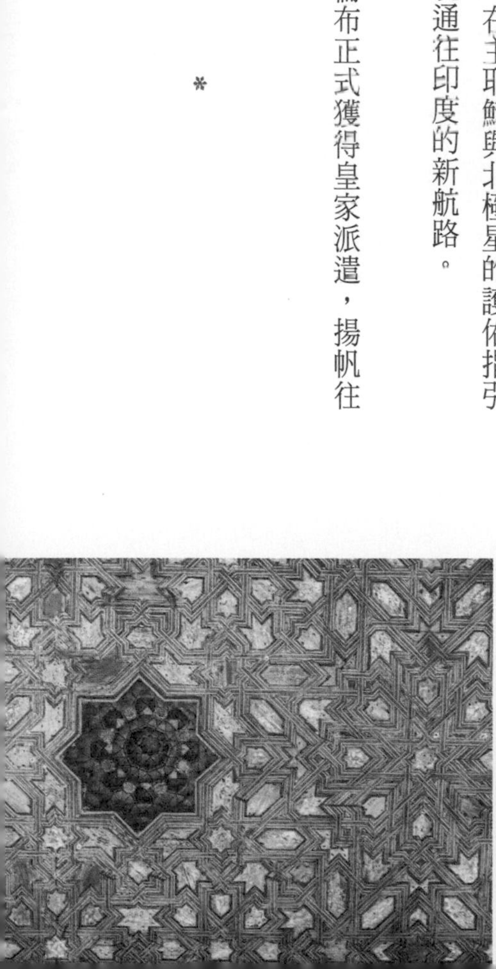

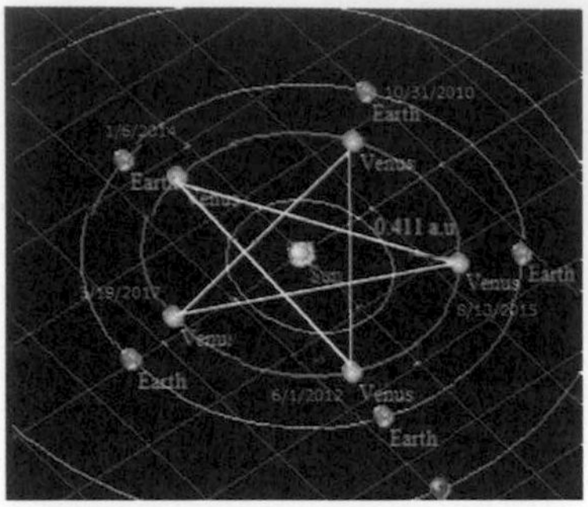

以路徑圖來表示，金星與地球的下合會形成完美的五芒星。

以「星空」為裝飾主題的建築空間，阿蘭布拉宮並不是唯一，當然也不是第一。早在文字出現以前，舊石器時代的尼安德塔人，就會用手繪星星來「妝點」穴居的岩窟。

其實，用「妝點」這個字眼並不精確，我們無從得知尼安德塔人為什麼會在洞穴壁上描繪天體星辰，或許，只是單純地把看見的一切畫下來，因為凡是會呼吸、有血氣的走獸飛禽，才是洞窟壁畫最重要的主題。但是手繪星星的存在，卻證明了這些在我們想像中茹毛飲血的史前藝術家，同樣也具有感受「美」與「永恆」的心智能力。

除了形而上的象徵外，星星在建築與裝飾藝術中所呈現的樣式，也有特殊意義。

五芒星（Pentagram）是最常見的符號，幾乎存在於地球上所有文明之中。看過暢銷小說《達文西密碼》的讀者，對於五芒星與金星之間的神祕關聯，並不陌生。

為什麼五芒星會與金星有關呢？要回答這個問題，必須回到數學及天文測繪」。

金星繞行太陽一周需要二二四・七〇一天，地球則是三六五・二五六天，也就是說，地球每公轉八圈，金星就公轉十三圈。

從地球的視角仰望金星，我們會發現，在八個地球年內，金星共有五次離地球最近，也就是有五次下合。所謂的下合，換個方式來說，當一顆在地球內側軌道繞太陽公轉的行星，和地球、太陽成一直線，而且三者位置是地球—行星—太陽時，稱為下合；如果三者位置是地球—太陽—行星時，則稱為上合。

這個有趣的巧合，就是五芒星的由來。

伊斯蘭世界則以八角星最為常見，無論建築、書法、繪畫……，無所不在，阿蘭布拉宮就是最佳範例。

八角星是由兩個正方形疊加組成，稱為「ru'bal-hizb」，其中 hizb 是「一組、一節」，而 Rub 意為「四分之一」，八角星一開始出現在《可蘭經》中，標記在《可蘭經》全文六十節中，每節四分之一結束的地方，日的在於將經文切割成若干單位，方便背誦記憶，類似文章段落中的句號。

原來僅出現在經文段落的八角星，後來在裝置紋飾中的運用愈來愈廣泛，最終，成為伊斯蘭文化千年一貫的主視覺。

阿蘭布拉宮的每寸肌膚，都可以找到代表初始與結束的八角星。星空被鑲嵌於世俗君王的寶座之上，被刻畫在每個柳暗花明的門廊下；星空是露濃花瘦的綺麗雕欄，也是望斷來時路的寂寞窗櫺。在滿布可蘭經文的宮殿中，連綴的八角星像是為造物主傳遞的訊息。

星空所象徵的，不僅是人們對超脫現世、超越時間的追求，也寄託了凡俗對超凡入聖的渴望。

* * *

一九二二年，一位剛從工藝學校畢業，來自荷蘭的年輕藝術家艾雪（Maurits Cornelis Escher），在看過阿蘭布拉宮的星空後，領受了某種神祕啟示：

一瞬間，我在無限重複的星空下，瞥見了永恆。

就學時，艾雪所受的是關於地磚與壁紙的工藝訓練，聽起來很簡單，但是如何將多邊形瓷磚鋪滿一張平面，還得考量生產技術與設計美感，讓密鋪平面（Tessellation）化為充滿韻律漸變的圖案，需要高度的藝術才能。

如果只討論多邊形如何無縫且不重疊地鋪滿平面，數學上稱之為「正規平面分割」（Regular Plane Division），不過我們更熟悉「拼貼」或「鑲嵌」的說法。即使台灣的數學教育改了又改，卻一直沒有納入拼貼主題，所以在我們的生活環境中，地磚幾乎都是缺乏設計的長方形；相對於歐美日本，乃至於伊斯蘭世界，小學數學教育都有拼貼課程，因此在他們的日常環境中，能看到更多設計樣式的瓷磚紋飾。

艾雪受過鑲嵌拼貼的專業訓練，讓他對阿蘭布拉宮的八角星印象深刻。

宮殿的牆上與地面，以密鋪填充滿綴的摩爾嵌瓷，在艾雪眼中，它們並不只是描繪無生命的抽象幾何形體，更意圖創作出可辨

認的形體。基於信仰緣故，穆斯林被禁止描繪人或動物等有血肉、會呼吸的生命形體，艾雪則在連續重複的星飾間，看見了天地萬物的生生不息：

阿蘭布拉宮的星空，是物理真實與想像空間交錯互動的表現。

艾雪在西班牙的感官體驗，日後成為他創作形式與精神意涵的重要指標。藝術家思考伊斯蘭藝術中連續交錯的星星，將幾何數學中如鏡像、規則的多面體、螺旋、平面分割、對稱、立體透視、轉化變形與無限循環等規則，融入繪畫，進一步將星空圖樣，解析分離出虛擬與真實的神祕元素。

艾雪的嘗試一開始並不成功，畢竟，「無限」與「永恆」本身就難以企及，不可想像，何況以有限的平面畫布及數學規則，來展現其中的可能性就更加困難。經過漫長摸索，他到了三〇年代末才有初步成績。

以手工粉筆上色的木刻版畫《變形一》（Metamorphosis I，1937），展現了藝術家「進化分割」（Evolutionary tiling）的高超手法，這種連續不斷的變化與分割方式，將不規則形體化約為簡單的幾何形狀，再從幾何還原成其他物件，這正是艾雪從阿蘭布拉宮中得到的啟發。

M.C. Escher's "Print Gallery" © 2016 The M.C. Escher Company-The Netherlands. All rights reserved

在《白天與黑夜》（Day and Night，1938）、《循環》（Cycle，1938）、《太初》（Verbum，1942）中，艾雪試著以藝術與數學來解釋「世界如何構成」，當他將物體分割再分割、細分再細分之後，藝術家發現宇宙萬物，是經由共同規律統合為一體，無論是田陌、飛鳥、蜥蜴、魚蝦、雲彩與人類之間，漸變互換是可理解、可成立的。人和世界的連結，比我們想像的更為緊密。

艾雪的版畫蝕刻，創造出層次分明的深度空間，展現了幾何數學神祕優雅的另類風貌。一九五六年，藝術家在《版畫畫廊》（Print Gallery）中，進一步透視幻覺與不規則平面，分割納入這個魔幻的空間架構中。

我喜歡這幅畫對於主觀與客觀空間的思考。試著想像，如果你是畫面左側的男子，你是在畫境之中？還是置身畫外？

愛因斯坦說過，我們的宇宙，是由前後、左右、上下及時間維度所構成的四度空間。艾雪努力捕捉相對論所揭示的宇宙觀，一個表裡虛實都融為一體的世界，而天地萬物都在其中流轉。

對艾雪來說，這些奇特的藝術創作，只是他尋求自然界與人類世界中規律的方式之一。他試圖在動盪的時代中，創造一個具有美感、井然有序的宇宙，恰如七百年前阿蘭布拉宮的設計，也是嘗試在被天主教徒緊迫壓縮的伊比利半島上，建立一座與世隔絕的恬靜天堂。

* * *

百年過去了，宮殿幾番易主，但是

阿蘭布拉宮仍屹立在高高的山頂，俯視人間。那片星空，啟迪了藝術家的破壞與創造，同時也見證了人間的歡愉與滄桑。

我無所用心地漫步其中，突然明白，為什麼摩爾人會將這裡視為塵世的伊甸園。

我走出繁星點點的使節廳，坐在綠木成蔭的花園裡，這時，腦海中響起了《阿蘭布拉宮的回憶》（Recuerdos de la Alhambra）的古典旋律。隨著吉他疏密有致的撩撥，我的思緒再一次飄向遠方，直到夜空點亮第一顆星星。

我站在文生的《星夜》之前，
久久不能離去。
生前在現實邊緣掙扎的梵谷，
身後獲得了難以想像的成功，
今天，多少人追捧文生的藝術成就，
又有多少人理解，
他托付在星光中的企盼呢？

孤寂的盡頭
仍有光

星空下的畫布・梵谷

繁星熠熠的夜空
為你的色板調出鬱藍與冷灰
望向夏季的夜空
用你那洞悉我靈魂幽暗的雙眼
描繪山崗上的陰影
勾勒出樹木與水仙的輪廓
採擷那如亞麻般純淨的積雪大地
捕捉那嚴冬的凜冽與陡峭

Starry, starry night
Paint your palette blue and gray
Look out on a summer's day
With eyes that know the darkness in my soul
Shadows on the hills
Sketch the trees and daffodils
Catch the breeze and the winter chills
In colors on the snowy linen land

—— 《Vincent》 by Don McLean, 1971

某個冬日午後，我踏進紐約曼哈頓中城區的現代藝術博物館（Museum of Modern Art, MoMA）。平常肩摩踵接的大廳，今天卻意外地蕭瑟，冰冷的空氣在沉默中鑄成琉璃，將塵囂隔在咫尺之外。

我放慢腳步，享受這片刻的舒緩，翻讀那些掛在牆上無言的記憶，流連在細瑣、微不足道的感動之中。

靜謐中，我彷彿聽見安德魯·懷斯（Andrew Wyeth）畫中，呼嘯過原野的晚風……

聽見《亞維農少女》的呢喃低語……

聽見波洛克（Jackson Pollock）筆下原始粗獷的大地心跳……

MoMA的典藏，歷經歲月的剝蝕，都帶著某種悠然神往的美。即使是走馬看花，一樣讓人感到輕盈愉快。

但是，更多的時候，畢卡索、馬諦斯、波洛克、瓊斯、李奇登斯坦、沃荷……隱藏在每一幅張揚色彩與狂放線條背後，是一望無際的失落與孤獨。

《紐約電影院》（New York Movie，1939）

上：《自動販賣機》（Automat，1927）
下：《夜遊者》（Nighthawks，1942）

對我來說，MoMA不僅是典藏藝術的博物館，同時也是展示了我們內心壓抑的瘋狂、寂寞與絕望的異度空間。

畫家愛德華．霍普（Edward Hopper）就是箇中翹楚。

他的畫既陰暗又悲涼，人們在他的畫中總是顯得憔悴無助，有趣的是，霍普的作品並不僅限於把你拉入沉重的憂傷之中，更多的時候，霍普讓我們看見了心中漠視已久的柔軟與脆弱。

收藏在MoMA的《加油站》（Gas，1914），是霍普早期探究寂寞的作品。在向晚的天空下，加油站就矗立在森林邊緣，黑暗像是從遠方逐漸浸漫的潮水般向我們襲來，在畫家筆下，加油站成了光明對抗黑暗的橋頭堡。

的確，「孤寂」直是霍普創作的主題，他筆下的人們，似乎有意識地將自我隔絕在世界之外，並且小心翼翼地生活在現實邊緣。

《紐約電影院》（New York Movie，1939）中，在放映中離席的藍衣女子，若有所思地站在門廊盡頭，可能電影的某個片段勾起她不願想起的往事：在某天不告而別的愛人？還是令人心痛的背叛！她極力壓抑著顫抖的

《加油站》（Gas，1914）

雙手，克制瀕臨崩潰的情緒。

在《自動販賣機》（Automat，1927）裡，尚未脫下呢帽與風衣、茫然啜飲咖啡的女子，明亮的室內空間強烈地對比出她的寂寥，縮瑟的肩膀透出微微的不安。她似乎離開家很遠、很遠，在這個淒冷的夜晚，坐在無人的咖啡廳，逃避現實中的挫折，擁抱屬於一個人的寂寞。

相對於無人或一個人的畫作，《夜遊者》（Nighthawks，1942）則細膩地描繪現代生活的苦悶，黑暗中的街道空無一人，在這間找不到出口的夜間咖啡廳，人們各自退踞在自己的角落。畫面最左側背對我們的男子，似乎正要端起酒杯一飲而盡；畫面中間是一對衣著端莊的男女，我們看不到任何對話或視線交流；最右側則是一身象牙白的侍應生，但他並沒有招呼任何一個人，反而將視線投向窗外，望向不知名的虛空。

獨自活在自己的世界，擁抱如此濃烈的寂寞，我們真的躲開了現實的挫折，或者在自己的世界迷失？

繞過轉角，另一幅更廣大、更深刻的孤獨，就在眼前。

* * *

這是一幅描繪夜空下鄉間小鎮的畫作，畫家文生·梵谷（Vincent Willem van Gogh）的《星夜》。

在沒有路燈的僻靜角落，幾戶人家的窗台映著煤氣燈的橘黃。左方象徵天與地，生命與死亡之間聯繫的柏樹，在夜空下幻化成向天際竄燒的黑色火焰，映襯出遠方相同墨黑的山巒，稜線起伏的線條將畫面一分為二，天上人間遙遙相對。令人暈眩的星輝在深邃的藍中旋轉，緩緩地伴著南方大地入眠。

文生以激情的色彩、沉鬱的筆觸，透過星夜，將一個人的孤獨投向永恆無垠的虛空。

《隆河上的星夜》
（Starry Night over the Rhone，1888）

顯而易見的，文生將年少時所居住的荷蘭故鄉，與南法普羅旺斯的農村風景交相融合，畫面中間偏右那座教堂尖塔，比較常在歐陸北方的法蘭德斯或日耳曼地區出現，在地中海地區幾乎是看不到的。尖塔的出現，顯示出畫家對家鄉的思念與對家的渴望。

我常想，或許是畫作所反映出來的寂寞與渴望，切切地觸動了現代人，讓我們急著詮釋、解構這幅作品，特別是看到文生以令人驚嘆、奇異的筆法表現夜空之後，就輕率地斷定當時的畫家早已精神異常。

畢竟，有誰看過這樣的星空？

別忘了，在文生的年代還沒有電燈。光害尚未氾濫的一八八八年，文生在一封給弟弟西奧的信中，描寫了他在南法海邊的夜晚所看到的景致：

在一片深藍色的天空中，有些顏色更深的雲朵，比平常作畫時的藍色顏料還更藍……還有一些顏色較淺的藍，好比銀河的亮藍……星星在不同層次的藍色夜空中閃爍，綻放出綠色、黃色、白色、粉紅色的光芒，看起來比家裡的、甚至比巴黎的珠寶更耀眼……如果你要的話，可以把星星想像成蛋白石、綠松石、紫水晶、琉璃、紅寶石或藍寶石……

《尤金・鮑希肖像》
（Portrait of Eugene Boch，1888）

這段文字，對於生活在工業文明中的現代人，是遙遠而難以想像的。巴黎的珠寶？不同的顏色！星星不是只有白色的而已嗎？文生一定瘋了。

出人意料的是，文生的描述是千真萬確的事實。

首先，人的眼睛，在黑夜之中，需要一段時間適應，才能分辨出星星不同的顏色。因為，我們眼睛的感光層有兩種吸收光線的細胞：視桿細胞（rod cell）與視錐細胞（cone cell）。視錐細胞能看出不同的顏色，但不會對光線的強弱有所感應；相反的，視桿細胞可以分辨光線的強弱，卻無法分辨顏色的差異。

所以，當我們仰望夜空時，通常是敏感度較高，不會分辨顏色的視桿細胞先發揮作用，在第一時間所看到的星星，幾乎都是白色的，這同時也是太多數都市人的感官經驗。

事實上，只要有足夠的時間，將自己深刻地浸淫在黑暗中，你就會發現，滿天星斗呈現出異於過往的神祕美感，你可以看見星星發出酒紅、鮮綠、橘黃、靛藍等各種不同的光芒。你甚至會認同文生的結論：當我凝望星空，總是讓我陷入幻想與喜悅之中。

話說回來，在夜空中搖曳的星辰，在文生作品中，向來占有一個特別的角落。

＊　＊　＊

文生在一八八八年九月八日，在寫給朋友的信中提到，為了迎接畫家好友高更的到來，他忙著採買家中用品。在這之前，有很長一段時間，梵谷在亞爾的黃色小屋內，只有兩張稻草編織的椅子、一張不甚牢固的桌子，尚未上漆的木板床。文生希望用更多的畫作來裝飾這裡，為了讓室內看起來更有人情味，「在房間內掛上了我為尤金・鮑希（Eugene Boch，比利時印象派畫家）所繪製的肖像畫」，文生熱切地繼續寫道：「我把他畫得有點像詩人，精巧結實的額頭在畫面上突出呈現，背後是深邃的寶藍色，星光在黑暗中閃爍。」

從荷蘭到巴黎，文生・梵谷的畫作一直關注著塵世的熙攘紛擾，畫家以使徒布道的熾灼目光，將人世的喧囂落寞烙印在畫布上。

不過，當他於一八八八年二月下旬遷居到亞爾後，文生將更多的關注投向夜空，認為夜晚的色彩比白天更加美麗，也察覺到「如果只是在黑色表面上畫些白色小點，是無法充分表現夜空之美的」。

收藏在荷蘭・克勒勒——米勒博物館（Kröller-Müller Museum）的《夜間露天咖啡座》（The Café Terrace on the Place du Forum，1888），就是很好的例子。

夜空在畫家筆下閃動著燦爛星光，你可以想像，當文生結束一天的採集、寫生之後，拖著疲憊的身軀，走回小鎮北邊的黃色小屋，途中會路過這間在夜晚也營業的露天咖啡館，畫家將這尋常的生活場景帶入畫作，以泛著檸檬黃光線的煤氣燈照亮了古老的石板路，盈溢出的光芒在路面反射出粉紅、粉紫的色彩，星光則在遠方熠熠地閃耀著。

《夜間露天咖啡座》是幅傑出的作品，人世的金黃與夜晚豐富的紫色——在色輪上是對比色——相互托襯，營造出動人的戲劇效果。

畫家用兩種光來表達他對生活的嚮往：象徵現代生活的煤氣燈，凸顯出文生對人群的渴望，渴望被接納、渴望被理解、渴望被擁抱、渴望親情與友情，黃色象徵著告白與失望，這也是文生的心理寫照。而在遠方的星辰，畫家不用黑色表達夜空，也

《夜間露天咖啡座》（The Café Terrace on the Place du Forum，1888）

CAFÉ VAN GOGH
Le Tambourin

不用白色呈現星光，文生在星輝的周圍以深淺不一的色彩，輕重不同的筆觸畫上渦漩、紊流，獨特的藝術手法讓我們看到了他深刻的自然觀察，以及內心不滅的希望。

其實不只一次，文生在給弟弟西奧和朋友的信寫著：

我認為人類有義務描繪出自然界豐富、壯闊又細膩的景致，我們都需要喜悅與快樂，也都需要愛和希望。

藝術中的星光，象徵著人們心中微不足道的希望，熱切渴望的夢想，也點出了身而為人的限制、困惑與寂寞。

＊　＊　＊

回頭再看看霍普的作品，你會發現，除了螢光燈、日光燈與白熱燈泡的人工光源之外，星星幾乎不曾存在。這是現代生活的悲哀，文明馴服了自然，卻也切斷了我們與自然的親密連結，每個人的內心，在瑣碎尋常的庸碌中逐漸遺忘了自己。

看著霍普與梵谷的畫，突然讓我想起了愛爾蘭作家王爾德，他曾經說過，在印象派畫家惠斯勒（James A. M. Whistler）描繪霧氣瀰漫的倫敦之前，倫敦是沒有霧的。當然，十九世紀的倫敦本來就是著名的霧都，王爾德指出，透過惠斯勒，我們才「真正」注意到泰晤士河上氤氳的水氣。同樣的，英倫才子作家艾倫．狄波頓說，透過愛德華．霍普，我們才「真正」看見原來我們的街道中有這麼多加油站、快餐店、咖啡廳、自助洗衣，這才是我們真正的生活。

那有沒有人抬頭看過天上的

星辰呢？

透過梵谷，重新認識那片被你遺忘的燦爛星辰，或許，你也會從此「真正」看見夜空。

我站在文生的《星夜》之前，久久不能離去。生前在現實邊緣掙扎的梵谷，身後獲得了難以想像的成功，今天，多少人追捧文生的藝術成就，又有多少人理解，他托付在星光中的企盼呢？

在周遭歡笑的耳語呢喃中，同時我也聽見了，世人的涼薄與奚落。

在多少次飄泊裡，
仰望天上的牽牛織女，
讓我的心中醞釀某種無以名之的溫柔，
帶給我慰藉，
讓我對於前方，不再感到困惑迷惘。

在多少個顛沛中，
仰望天上的牽牛織女，
讓我在陌生的大地上看見堅定不移，
帶給我希望，
讓我對於未來，不再感到失落徬徨。

坐看牽牛織女星

星空下的詩人・杜牧

中國歷代詩人選集16
杜牧詩選
周錫䪖 選注

銀燭秋光冷畫屏，
輕羅小扇撲流螢。
天階夜色涼如水，
坐看牽牛織女星。

——— 杜牧《秋夕》

初秋，我像一葉落楓，在悄言細語中拜訪西安。

永興坊、騾馬市、西大街、長樂西路，貫穿新世紀的關中京兆，幾經風塵的西安，仍然是大陸輻輳轉運的原點、大西北開發的政經樞紐，笙歌達旦、珠璣盈市，在扶搖直上的行色中，帶著顧盼自得的張揚。

我在勾欄紅樓與水泥叢林間穿梭，尋找不合時宜的從容，與屬於大唐的英挺俊逸。

時間回到西元九世紀，當時的巴黎，還只是塞納河畔的小村莊；羅馬則在汪德爾人蹂躪下焚為廢墟，我們所熟悉的文明歐洲還在泥濘裡掙扎，尚未成形。而大唐的長安，與拜占庭的君士坦丁堡、阿拉伯帝國的巴格達，同為當時地球上最繁華的三大都會。

方圓三十多平方公里的長安城，根據可靠的考證數據，人口約莫有一百一十萬人。京兆裡有數不清的亭台樓閣、園林宮城。來自四方的文化在此匯聚、交流：波斯商人兜著揚州的絲綢返回驛所，天竺佛僧與阿拉伯穆斯林肩摩踵接。名門豪族的富少們騎著快馬在中央大街奔馳，亞洲各地慕名而至的學子齊聚都城，觸目所及的一切，都浸潤在華美盛世的唐風之中。

以藝術觀點來看，這也是文采斐然的年代，多少名字在這裡閃耀，熠熠生輝。

西元八〇三年，李白、杜甫已過世，但仍有許多作家繼續活躍著：孟郊五十三歲，在南方擔任小小的縣官；韓愈三十六歲，因為進諫了《論天旱人飢狀》而被貶為陽山縣令。白居易、劉禹錫（舊時王謝堂前燕，飛入尋常百姓家）三十二歲，比他們

小一歲的柳宗元剛調回長安，任監察御史里行，政治生命正要起飛。賈島（只在此山中，雲深不知處？）、元稹二十五歲，風格奇麗的李賀十四歲，只可惜再過十三年就病逝了！

就連長安城外的荒煙蔓草、秦川畔的破牆矮垣、石階上的苔綠、疏林裡的槭紅，都飽含曖曖文脈，負載流韻深長的文思，即使今天讀來，依然雋永清朗。

這是文學史上少有的輝煌景象，卻是王朝長路將盡的迴光返照。

西元八〇三年，在土星守護下降生的摩羯男子杜牧，出現在偉大的文學道路上，為大唐的晚照殘紅，留下一抹清遠悠然的背影。

＊　＊　＊

杜牧，字牧之，系出京兆杜氏，是中國歷史上的名門，從魏晉一直到唐朝都非常顯赫。

少年杜牧放達不拘，連求個功名都是藝術史上最風發的瀟灑。他將一手絕妙好文《阿房宮賦》送給太學博士吳武陵——「六王畢，四海一，蜀山兀，阿房出」，博士讀後驚為天人，跑去找當年科考的主考官崔郾，希望給杜牧安排狀元。崔郾說前四名都有

人了（這是什麼樣的科舉文化！），只能讓杜牧舉為第五名。如今再回首這段往事，當年的進士中，除了杜牧外，全都沒沒無名，消逝在萬古煙塵中，不得不說這真是歷史的諷刺。

依據唐朝人事銓敘制度，考取進士後，還要到吏部（約略同等於今天的考試院）去應關試，才能求得官職。杜牧到長安後，幸運地趕上皇帝所主持的特考，他應考「賢良方正直言極諫科」，不意外，也被錄取了。

寫下那篇令人驚豔又極具個性的《阿房宮賦》，加上世族出身，杜牧初入官場，就遇到了兩位開明的好上司，如果他願意攢營的話，政治之途應該會平穩順遂。

不過，如果故事這樣就結束，那麼史書上大概只會出現一條小小的釋義注解，不會有後來的風格大師。一生浪跡於廟堂與江湖的杜牧，他的文學注定清新峭健、風流放達。

＊　＊　＊

文學與藝術史的探索，除了尋章摘句式的考證外，更多的時候，是哥倫布式的精神發現。通過歷史的縫隙，探索人性的幽微細緻，進而體會「美」的質感；而透過對藝術家所身處的大環境了解，更能掌握「美」的形式與內涵。

杜牧一生歷經了多位皇帝，權位更迭的頻促，在在說明了國家在根本上出了問題。唐憲宗李純，就是那位拒絕韓愈諍諫，一意要接迎佛骨的倔強皇帝。正值盛年、身強力壯的中年漢子，在後宮莫名其妙暴斃，無人過問。

繼位的穆宗李恆好於酒色，在位四年後「服金石之藥而崩」。

十四歲的李湛登基後，沉迷馬球，喜歡半夜在宮中捉狐狸，不到三年，被宦官所害。倒是弟弟唐文宗李昂有點骨氣，有中興的企圖，不過時運不濟，才登基就遇到藩鎮叛亂，任內牛李黨爭達到了前所未有的激烈。

藩鎮、黨爭、宦禍，加上連年的天災、民亂，大唐的氣數已走到了盡頭。短短五十年的光景，唐王朝就在哀怨中謝幕，「千古銷沉向此中」，是詩人題寫的輓歌。

在如此失衡的政治氛圍中立命安身，我常想，牧之不可能沒有自覺吧！

總之，杜牧的仕途不算平穩，算是風波坎坷。四十歲前後，一直在首都與地方間來來去去，在中央任職，都是無足輕重的小官：校書郎（負責為公文正字的祕書）、膳部員外郎（管朝廷祭奠、牲豆、酒膳的後勤小官）、司勳員外郎（編修史料的書記）……不屑逢迎權貴的，就注定坐冷板凳。

受了十年的窩囊氣後，牧之找個理由請假，到江州（江西）看弟弟。朝廷看他幾個月不回來，心底也有譜，就外放讓他在江南做個小小刺史。

這樣也好！少了官場鬥爭的烏煙瘴氣，多了孤獨卻完整的自由，政治上的失意，反倒成就了詩人真摯溫厚的風格與文品。

拒絕朝廷後，浪子杜牧信馬由韁，穿過紙醉金迷的燈紅酒綠，穿過熙來攘往的陌生人群，告別長安的紛紛擾擾。

＊　＊　＊

我想像著，牧之帶著他音樂般的詩情，踏著風塵，一步步走向溫柔的南方。

那一年，有幸遇到牧之的春雨，是文學史上最著名的一場細雨，在嬌媚的杏花與招展的酒旗中紛飛：

清明時節雨紛紛，路上行人欲斷魂。
借問酒家何處有？牧童遙指杏花村。

每到清明時節，我們總要彈撥牧之的流水行雲，為它掛肚牽腸。

遠上寒山石徑斜，白雲深處有人家。
停車坐愛楓林晚，霜葉紅於二月花。

秋天不必蕭瑟，歷經風霜寒露後的楓葉，比二月的紅花更豔。一直以來，我就偏愛這首《寒山石徑》幽遠的意境，沒有深奧難解的字句，字句間透露的，是生命隨處可得的喜悅。

不過我最喜愛的，還是這首《秋夕》：

銀燭秋光冷畫屏，輕羅小扇撲流螢。
天階夜色涼如水，坐看牽牛織女星。

詩人透過墨色所勾勒出來的美感想像，是一幅淡雅細緻的浮世繪。微涼的秋夜裡，杜牧用一種從容的悠揚，捕捉流淌在夜風中的淡淡情懷。遙遙相對的牽牛織女，呼

應著天上與人間、長安與秦淮，咫尺天涯的無名感傷，詩人卻灑脫地坐看世事流轉。

牧之的骨子裡，潛藏著真正知識份子的靈魂，耿直的個性讓他在黨爭裡被邊緣化。幾番風雨過後，杜牧將年少的豪放，漸漸轉為知命的曠達。終於，他在秦淮的聲色追逐裡，找到安頓心靈的所在。

杜牧從此更加豁達，也更為灑脫。即使浪跡江湖，他的筆鋒不見驚駭凌厲的怨懟，在青青楊柳與萋萋芳草間，依舊纏綿風雅。

* * *

夜空中的牽牛織女，寄託了人世的思念，同時也撩動我們對生命的好奇與想像。

距離地球十六・七光年的牽牛星——天鷹座 α（別名 Altair），與二十五・三光年外的織女星——天琴座 α（別

名Vega），分別是全天空第十一及第五明亮的恆星。從春末到初秋，抬頭仰望夜空，你很難忽略它們的存在。這兩顆星，再加上天鵝座的河津四（天鵝座α，別名Deneb），構成我們所熟悉的「夏季大三角」（Summer Triangle）。

牽牛織女的傳說，在中原漢文化中流傳已久，誰也說不清它究竟源於何時。不過，一開始和浪漫並無關連。

透過古典文獻考證，我們知道在先秦兩漢以前，牽牛織女分踞在北天銀河東西兩側。從《詩經》到班固《西都賦》的文字，只有象限描述，沒有任何愛情因子參雜其中。直到意致深婉的《古詩十九首》出現，一首淡樸真切的〈迢迢牽牛星〉，自此引動了天上人間的愛情版圖：

迢迢牽牛星，皎皎河漢女；
纖纖擢素手，札札弄機杼。

終日不成章，泣涕零如雨；
河漢清且淺，相去復幾許？
盈盈一水間，脈脈不得語。

古詩中純粹直率的浪漫，讓今天扭捏作態的偶像劇，顯得蒼白無力。將時序推移到北宋，秦觀清麗和婉的〈鵲橋仙〉，捕捉到我們從相識、相愛、分離、相思到相聚的種種微妙心事，為牽牛織女的古典風雅，挹注瑰麗色彩：

纖雲弄巧，飛星傳恨，銀漢迢迢暗度。
金風玉露一相逢，便勝卻人間無數。
柔情似水，佳期如夢，忍顧鵲橋歸路。
兩情若是久長時，又豈在朝朝暮暮。

詞牌中的每一個字，都像極了天上剔透可人的星光：晶瑩、曠達、冷冽中透著溫柔。即使，現代天文學早已證明牽牛織女七夕相會的不可能，我們仍深情地相信古老的愛情傳說，因為這則故事反映出來的，是我們出自於同理心所投射的善良願望。

關於這點科學現實，杜牧的堂叔杜甫倒是看得很清楚：

牽牛出河西，
織女處其東。
萬古永相望，
七夕誰見同。

千萬年來，這兩顆星星永遠都隔著銀河相望，有誰真正見過它們在七夕相會呢？

* * *

後來，我在世界不同的地方，都曾仰望過北天銀河的牽牛織女星。

在伊朗的卑路支沙漠，他們不是相見時難別亦難的曠男怨女，牽牛星是上升飛翔的老鷹，而織女星則成平沙落雁之勢，「Vega 是掉下來的老鷹」，卡車司機是這麼說的。南太平洋的玻里尼西亞人，則稱織女星為「年星」

（Whetu o te tau），在向風群島的大溪地，只要在夏至的午夜零時天頂中央，看見年星，就知道一年又過去了。紐西蘭的毛利人則稱牽牛星為「Poutu-te-rangi」，意思是「天堂之柱」，而在澳洲東部墨累河沿岸的Koori人眼中，我們所傳頌癡情不移的牛郎星，卻是一隻體型壯碩、醜陋無比的大鱈魚。

一樣的星空，卻有千萬種閱讀情調。

* * *

每當我走在異地未知的黑夜裡，我總會抬起頭來，尋找熟悉的座標。

在多少次飄泊裡，仰望天上的牽牛織女，讓我的心中醞釀某種無以名之的

溫柔，帶給我慰藉，讓我對於前方，不再感到困惑迷惘。

在多少個顛沛中，仰望天上的牽牛織女，讓我在陌生的大地上看見堅定不移，帶給我希望，讓我對於未來，不再感到失落徬徨。

一如我心愛的杜牧，「十年一覺揚州夢，贏得青樓薄倖名」只是他用放浪形骸虛掩胸中的意冷心灰。「天階夜色涼如水，坐看牽牛織女星」中的清明澄澈，才是詩人不曾改志的從容，透過牧之的詩，將旖旎深情遙寄在銀河天際。

夜空中，牽牛織女化成光年譜寫的詩，繼續呢喃那流韻千古的唯美真情。

榮格研究占星學，他深信，
星空隱藏了人類靈魂的基因符碼，
但是如何透過理解星盤，發現「心靈真實」
卻需要深厚的人文底蘊支持，
幾年後，他斷然走向非洲、南美，
投入原始文化的考察。
我也曾經像榮格一樣，
熱衷剖析自己的星盤，
然後離開了占星學的世界，
星空仍然藏著內在自我，
卻需要更成熟的生命去看待。

破解靈魂基因

星空下的命盤・榮格

LIBRA
SCORPIO
AQVARIVS
Ara
Pavo
Indus
Grus
Phœnix
Centaurus Chiron
Cruzero
Corvus Coruo
VIRGO
Crater Vas
Hydra
Circulus
LEO
Colurus
Æquinoctio
Dorado
Tropicus
Cetus Balena
Capricorni
Æquinoctialis
PISCES
ARIES
Lepus
Canis maior
Canis minor
CANCER
Zodi
Orion
TAVRVS
TAVRVS
LEO
VIRGO
ALIS COELI SPHÆRI GRA-
ET TERRÆ CASCENO PHIA.
Cepheus
Draco
Cygnus
Aquila
Antinous
Coma Berenices
Corona
MAR
Serpens Ophiuchi
Bootes
DEL
ZVR
VIRGO
Æquinoctialis
Nova Hollandia
SCORPIO
CANCER

我們在桌上將牌攤開，正面朝上，
設定它們適當的遊戲計分，
或者它們命運解讀的真實含意。
然而似乎沒有人想開始牌局，
更沒有人想詢問未來，
因為我們在一趟
尚未完成也不會完成的旅行中，
進退不得，未來也無從得知。
我們在塔羅牌裡看見其他的東西，
使得我們再也無法將視線
從這手藝精緻的鑲嵌畫上移開……

——伊塔羅．卡爾維諾《命運交織的城堡》
（Il castello dei destini incrociati，1969）

「你的內心有一片巨大的空虛，無法滿足……」她緩緩地指著桌上的「惡魔」。

「你以為離開家就可以找到答案，不過離家越來越遠，你的內心就越迷惘，『惡魔』代表人抱持著錯誤的觀念，認為事情別無選擇，覺得『我擁有的只有這些』，或者『這是我唯一的選擇』……狹隘的視野將為你的生命帶來災難，這張『惡魔』是一個清楚的提醒。」

她停頓了一下，拿起放在硯台上的菸抽了一口：「別想要去控制你的生命，當你想控制身旁的一切時，你的肉體、精神也受到『控制一切』的念頭綑綁，失去了自由。」

「不過……」她翻開下一張牌，「你對未來仍抱著浪漫與信心，這點很重要，將會是你的救贖。」

占卜師指著桌上的最後一張牌「星星」：「歷經了變動與幻滅後，你已經了解，生命中真正有價值的究竟是什麼，『星星』象徵著重新點燃希望，未來，你將會有足夠的自由與信心，實現自己的命運。」

我付了五美金後，打算起身離開，占卜師用某種天機不可洩漏的語氣告訴我：「走出這頂帳篷後，你就會找到人生的方向……記住『星星』的啟示，用心傾聽世界的聲

印度朱胡海灘。

音……」

帳篷外的喧囂，擾亂了我一絲尚存的專注力，前一夜的宿醉讓我生不如死。我在孟買朱胡海灘上醒來，本來走進帳篷裡，只想看看是否能買到乾淨的水，卻意外地獻出人生第一次的塔羅占卜。

三尺見方的帳篷內，只擺著一張桌子和兩張椅子，桌案上平鋪著一塊黑色棉布，整體來說，並沒有一般算命攤那扯著喉嚨叫賣的媚俗。占卜師看起來像是從一九七〇年代就住在印度的老嬉皮，乾澀分叉的頭髮被指甲花染得五顏六色，雖然叼根菸的模樣給人感覺有點隨便，卻意外地讓我放下戒心，彷彿她說什麼都具有神祕的說服力。

瑪娜是占卜師的名字，雖然我覺得不太像真的。瑪娜告訴我，來問塔羅牌的人，其實心中早就有答案了，卻因為太過害怕「真實」與「現實」的傷害，而不敢面對我們生命中的偶然與必然。

＊　＊　＊

在理性現實的邊陲，的確隱藏著各式各樣曖昧動人的概念，以滿足個人內心熾灼的情感需求。二十世紀最偉大的天文學家與科普學者卡爾・薩根（Carl Edward Sagan），就在他的名山之作《魔鬼盤據的世界》（The Demon-Haunted World）中指出：占星術、塔羅牌、靈異現象、不明飛行物體等偽科學，是種「奇特的綜合體，包含了觀測資料、數學演算、悉心保存的紀錄，搭配似是而非的說辭，利用民眾的私心與信任做出善意的欺騙。」

莎士比亞筆下那對受盲目野心驅使的馬克白夫婦，就是最好的例子。

驍勇善戰的馬克白是蘇格蘭王鄧肯的手下大將，與戰友班柯在剷除叛軍時，在荒野中遇見三位女巫，預言馬克白將封爵並成為國王，而班柯的子孫會是未來的國王。

不以為意的馬克白及班柯，在成功消滅叛軍後，獲得鄧肯國王賞識，馬克白獲頒爵位，驗證了女巫的預言，卻也讓馬克白開始相信自己將成為國王的可能性。在妻子的慫恿之下，兩人著手血腥的計畫，開啟了通往地獄的大門。

所以卡爾．薩根才會說：「預言是一種強烈的心理暗示，預言是偽科學。」他進一步說明，科學與偽科學最明顯的差別，或許在於科學能夠「更深切地了解人類的缺陷與容易犯錯的本性」，而偽科學則只知堅持「不會出錯的啟示」。

相對於卡爾．薩根堅持科學理性，另一位來自瑞士僻靜小鎮的卡爾，就是如今眾人

熟知的「分析心理學」之父卡爾・榮格（Carl Gustav Jung），對占星術與塔羅牌則抱持全然不同的想法。

榮格早年曾經追隨心理學家佛洛依德進行研究，佛洛依德對這位小十九歲的年輕學者讚譽有加。在密切交流與合作之後，兩人共同創立了國際精神分析學會，佛洛依德並推薦榮格擔任第一屆主席。不過這兩位大師的友誼並沒有持續太久，兩人因為學說嚴重分歧而決裂。

一九一一年，榮格開始研究占星術。他深信，星空隱藏了人類靈魂的基因符碼，透過理解星盤，每個人都可以探訪「心靈真實」（Psychic Reality）。

* * *

離開帳篷，我並沒有馬上找到人生的方向。相反的，為了白白花掉五塊錢而懊悔不已。畢竟，那是我在孟買一天的生活費。

回到街頭後，我反覆思索與占卜師的對話，關於失落、關於夢想、關於綑綁與自由、關於否定和希望。雖然，當下我並沒有全盤接受瑪娜的建議，但她的解析，卻勾起了我對占星與塔羅的熱情。

這份赤忱讓我繼續摸索研究占星的玄奧，也讓我在幾年後，有機會拜訪聲譽卓著的倫敦占星學院（London School of Astrology）。

* * *

> 一位占星師面對星盤時，不要急著問自己：我看見了什麼？知道了什麼？要先提醒自己，關注那些隱而不顯的部分，你會發現自己無知的部分。一旦你明白自己的極限後，你就會用一種謙遜的態度來觀看星盤。

蘇・湯普金（Sue Tompkins），是當代最富盛名的占星學家和諮詢師，擅長用精緻的語言，詮釋屬於個人或時代的獨特定位，在每一學期始業，她都用這段話當做引言。

湯普金同時強調，現代占星學是個充滿符號的詮釋體系，而這些符號並非孤立的元素。當行星與其他行星形成某些特別角度時，便形成所謂的「相位」（aspect），相

上：榮格於圖書館。
下：榮格（前排右）曾追隨佛洛依德（前排左）研究。

位意味著「從某個角度看待事物」。柔和相位（Soft aspect）有助於行星能量的增幅，困難相位（Hard aspect）則可能讓行星之間的能量相互干擾壓制，但是，干擾衝突的心理張力，往往又會為我們的生命帶來意想不到的轉變。占星師的技藝，就在於如何把各種象徵符號，整合成綜合性的結論。

我們這期，實際上是我在倫敦占星學院所上的第三學期，非常幸運，有蘇・湯普金與麗茲・葛林（Liz Greene）等名師的指導，讓課堂上的討論更加激昂慷慨。尤其是麗茲，本身就是富有盛名的心理治療師，她承繼吸納了榮格的分析心理系統，進一步將「相位」與個人心理發展的「情意結」（Complex）緊密結合。

「情意結」指的是一系列重要的無意識組合，或是隱藏在個人意識底層的心理設定，一旦開啟，會引發一連串強烈而無意識的衝動。弒父戀母的「伊底帕斯情結」，與兄弟之間因為差別待遇而引發內在衝突的「該隱情結」，都是我們耳熟能詳的情結案例。

總之，情結有很多種，但是所有情結的核心，都是某種共通的經驗模式，榮格稱它為原型（archetype）。將「原型」概念套在現代占星上，就是我們常說的「星座」。星座，成為個人靈魂系統格式化後的基本設定。

有了基本設定還不夠，天體是不斷移動的，行星的運作和我們世界的變遷，存在著某

種祕密且強烈的關聯。

一九二七到一九二八年、一九三四到一九三五年，充滿變動及革命的天王星，進入象徵果敢、冒險與不顧一切的牡羊宮。用現代天文學的話，就是如果你使用天文望遠鏡尋找天王星，在牡羊座的附近找準沒錯。占星學家相信，這時期出現了美國文化史上著名的「咆哮的二〇年代」、汽車工業進入黃金時期、林白駕駛「聖路易精神號」飛越大西洋、家用電器的普及帶來全新與獨立的生活方案，以及西方世界女性開始抽菸、喝酒、剪短髮、投票，甚至在沒有監護人的陪伴下外出約會，都受到天王星進入牡羊宮的影響。

這些「有意義的巧合」，榮格稱之為「同時性」（Synchronicity）。有了榮格這位分析心理宗師的加持，占星學似乎又更可靠了一些。

究竟是天上星體的運行，影響了我們的生活？還是人們的行為，透過天體的排列顯現出來？

接下來幾年，我就在古代玄學與現代心理學之間游移、摸索。

＊　＊　＊

榮格對於超自然的見解，深刻地影響占星學與塔羅在二十世紀的發展，但是，在這件事上，我們也不能肯定榮格的看法完全是對的。

有一段時間，我追隨著榮格的腳步，學習占星與塔羅，試著從榮格的觀點「集體潛意識」（Collective Unconsciousness）理解，但並不打算就此成為占星學家。從歷史及藝術的角度觀照，單就如何看待「人之所以為人」，十個人就有十一種說法，人性本身就是多邊多角的不規則存在。

榮格的星盤，太陽獅子，月亮金牛，上升寶瓶，如此組合出來的外在形象，強悍、纖細、迷人，據榮格自述，總是讓他在社交場合及研究室無往不利，甚至不需要太多的努力，就可獲得極高的評價。如果星盤上所呈現是真的，單就海王星與太陽成九十度的衝突位，呈現出強烈的內在與現實碰撞，便預示榮格一生波瀾跌宕，與佛洛伊德決裂後，甚至一度精神崩潰。

一九一一年，待在蘇黎世研究的榮格，每天都花許多時間計算病患或自己的星盤，而且還將反覆推演的結果寫成報告，寄給在維也納的佛洛依德。榮格當時正在研究一位素昧平生的美國女子——法蘭克・米勒的個案，他告訴佛洛依德：從星盤上得知，法蘭克和母親的關係非常緊張，女病患可能因為海王星的影響而精神失常。

SPATIO DVODECIM
Tropicus
Cancri
Circulus
Æquinoctialis
Zodia
Tropicus Capricorni
MENSIBVS RECVR

我相信，當佛洛依德收到愛徒的來信時，一定非常憂慮，他提筆回信告訴榮格：「做什麼都好，但要記得，不能放棄『性衝動理論』！那是我們對抗神祕學泥濘與黑暗浪潮，唯一的防衛武器。」

榮格曾說過，自己星盤中「土星－寶瓶」的糾纏連結，延緩了個人對自己真正喜好的追求。榮格在三十六歲時，認清佛洛依德將人類心智運作的動力歸於「性衝動」的理論局限後，經過一番對抗掙扎，才正式與佛洛依德分道揚鑣，展開全新的生活與研究。

佛洛伊德假設，每個孩子誕生時都是一張白紙，人格與氣質都是在降生後開始形塑。相對來說，榮格對於佛洛依德的看法抱持保留及懷疑，他在《心理類型學》（Psychological Types or the Psychology of Individuation，1921）中，斬釘截鐵地指出：「個人的氣質早在嬰兒期就已形成；它是內建固定的，不是在人生進程中學習經驗得來。」

榮格書中的「心理類型」，深深影響了現代占星學的風貌，基本上，我在倫敦占星學院研修課程的核心精神，就是如此。倫敦占星學院中許多老師與學生，除了對占星學抱有無比熱忱之外，同時也是榮格心理學派的精神治療師，他們都相信占星學有助於發現「靈魂深處未知的自我」。

對於榮格心理學派的占星師而言，每個星盤都是一張待解的「心靈地圖」，透過占星學，我們可以辨認出那些尚未顯現意義，或尚未浮出意識表層的人格特徵，進而發現與生俱來的「天命」。

簡單來說：現代占星學借用榮格的分析心理，嘗試建構成屬於二十一世紀「個性化」（Individuation）的神祕學體系。

＊　＊　＊

當然，我也曾像榮格一樣，熱衷剖析、詮釋自己的星盤。

太陽天蠍，月亮處女，上升雙子，湯普金老師告訴我：「你具有狂野的力量，而這份能量源自於孤獨的心理與情緒，這份強大也帶動你的肉體變得強悍。」來自太陽天蠍的固執堅韌，加乘月亮處女對細節的精確掌握，以及上升雙子旺盛的好奇心，讓我總是對自我抱持質疑的態度，很難對自己的言行感到滿意，即使沒有人批評我，也會認定自己做得不夠好。

某些時候，榮格的想法是正確的，占星學可為「人」進行解碼。我從占星學院的研習中，的確端詳出自己的原型和內在衝突，對自己似乎有更進一步的了解。

例如，我是榮格筆下的「外傾思維型」，這樣的人，對外在世界充滿興趣，並且因此激發自我的思考與解釋。

但同時我也明白，除了占星與心理分析外，還有許多法門可以協助探索自我，後來我又嘗試了許多方法：朝聖修行、禪修靜坐、大量閱讀，或是將自己放逐到荒野中獨自旅行、生活。

那兩年，我在倫敦占星學院，遇到許多準備晉身為占星學家的人們，他們熱衷於討論星盤上的種種，排隊搶票去聽湯普金、麗茲或霍華．薩斯波塔斯的講座，以及參加各式占星聚會、線上占星論壇，研讀天文學、心理學與古代神話。

我承認，和大家一起討論占星與塔羅十分有趣，即使在彼此見解不同時也很過癮，畢竟「占星學」本來就是一門曖昧模糊的學科體系。不過，當這些人認真地想把占星學當成職業時，你就會發現，大部分人對於情緒意象的截取及思考過於片段，他們既沒有能力指辨象徵，更缺乏在同時性中看出關聯的洞察力。

跳脫命理與玄奧的殿堂，現代占星是需要厚實人文底蘊支持的象徵之學。人文底蘊，正是現代人所欠缺的能力。

榮格曾說過，許多人濫用占星學知識，卻解析不準確。早在一九三〇年代，他便看到了現代占星的格局與困境，後來他積極旅行與記錄，考察非洲及美洲等地原始人類的宗教、神話、傳說、童話與夢，並比較東西方

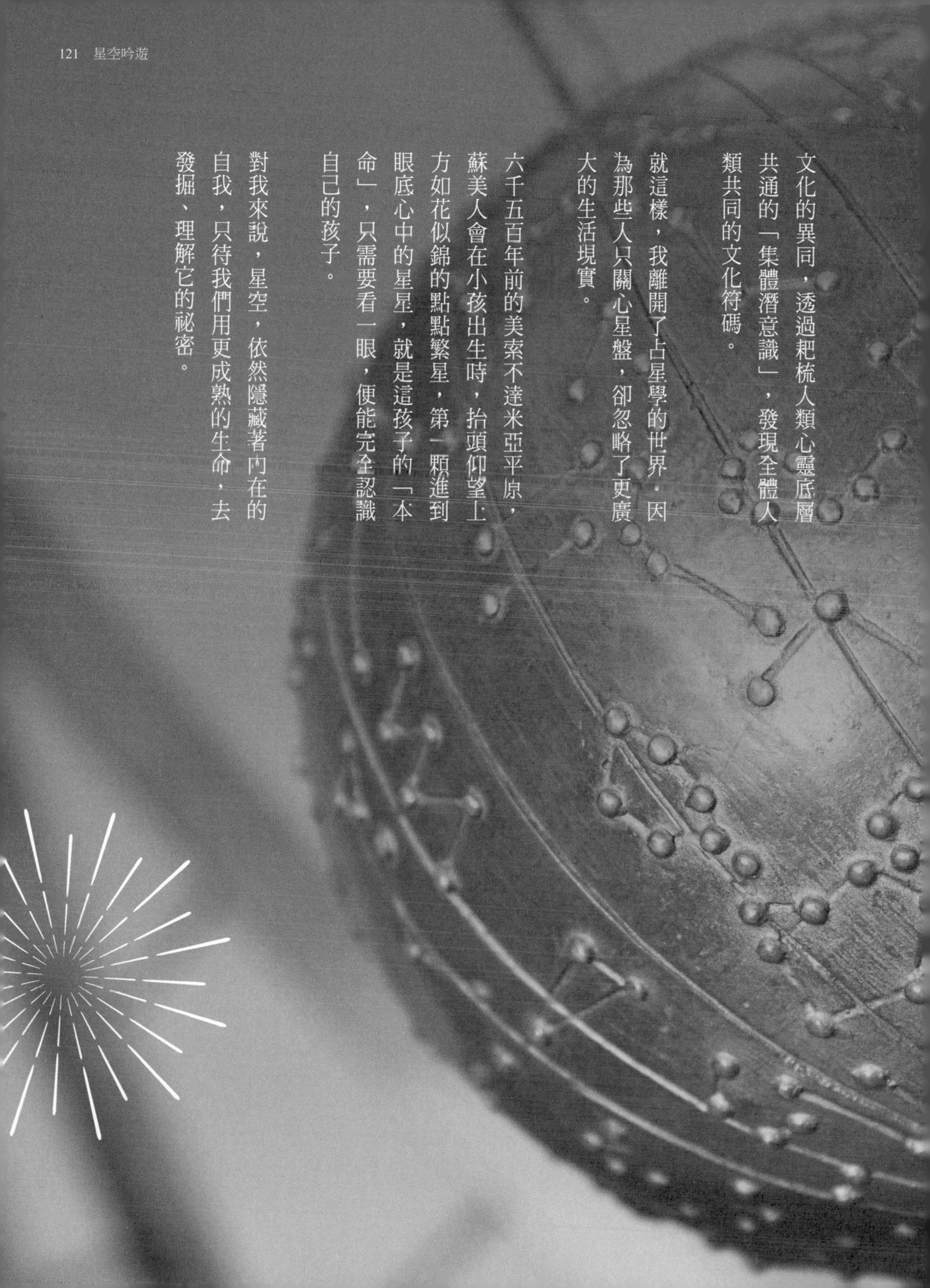

文化的異同，透過耙梳人類心靈底層共通的「集體潛意識」，發現全體人類共同的文化符碼。

就這樣，我離開了占星學的世界。因為那些人只關心星盤，卻忽略了更廣大的生活現實。

六千五百年前的美索不達米亞平原，蘇美人會在小孩出生時，抬頭仰望上方如花似錦的點點繁星，第一顆進到眼底心中的星星，就是這孩子的「本命」，只需要看一眼，便能完全認識自己的孩子。

對我來說，星空，依然隱藏著內在的自我，只待我們用更成熟的生命，去發掘、理解它的祕密。

達利理解人類面對天體時的複雜情思，
他用拼貼的方式創作，
並且在知識與直覺的基礎上重現。
對我而言，
達利的《塔羅宇宙》
是對情緒、夢境、意識與心理原型的探索，
在神祕學的星空下，
他依然瞥見理性的光芒。

睜著眼睛
就可以做夢

星空下的塔羅・達利

E LOVERS.

一個客人將分散的牌朝自己收攏，
空出了一大半的桌面；
但他並沒有洗牌或收成一疊。
他取出一張牌，放在面前。
我們都注意到他的面孔與牌中人物的臉十分相像，
於是我們了解，
他想用這張牌代表「我」，
準備訴說他自己的故事。

——— 伊塔羅·卡爾維諾《命運交織的城堡》
（Il castello dei destini incrociati，1969）

十九世紀初英國風景畫大師康斯塔伯（John Constable）曾說：

沒有一件事物是醜陋的。（There is nothing ugly.）

我想，康斯坦伯如果活在今天，一定會修改他的說法。

從巴塞隆納到靠近法國邊界的費蓋拉斯（Figueres），搭火車大概只需要兩個半鐘頭就能抵達，但我打算趁機看看這段海明威、費茲傑羅與畢卡索曾經書寫過的海岸線，幾番考量，我決定轉搭公車，透過不可靠的巴士時刻表來安排行程，看起來像是不錯的選擇。

我在這兩百多公里的路程走走停停，沿途經過的，都是些故做好客、強顏歡笑的濱海度假城鎮——巴達諾納、馬塔羅、布內拉斯、帕拉莫斯……每座城鎮看起來都差不多悲傷：在空中飛舞的垃圾、門面乏味的廉價公寓、雜亂俗豔的大型招牌、斑駁掉色的演唱會海報、海風鏽蝕的鑄鐵欄杆、陰暗天空下淒清的防風林、映射出冷光的鼠灰色大海……

或許，我來的真不是時候。

行程越往北，沿岸地形就越凶惡，單調平坦的沙灘逐漸褪去，取而代之的，是嵯峨險峻的巨石岩壁。「布拉瓦海岸」（Costa Brava）是它的正式名稱，意思是「狂野海岸」，對我來說，唯一狂野的，是公車司機倦怠不耐的眼神。

當然，美在這片綿延的崢嶸之中，仍然存在。冬季的地中海，蒼白而寧靜，夏季被遊客踐踏的沙灘，在杳無人跡的季節，恢復它柔順優雅的線條。偶然從雲隙間映射出來的陽光，加深了岩岸嶙峋的輪廓，我喜歡一個人，靜靜地穿越蕭瑟清冷的街道，感受片刻奢侈的平靜。

幾年前，在某個怪異聚會，看了西班牙國寶級導演布紐爾一九二九年的作品《安達魯之犬》。這部片長十六分鐘，聲名狼籍且令人坐立難安的無聲電影，是布紐爾與藝術家達利的超現實主義作品。電影開始沒多久，就是那幕用刮鬍刀割開眼球的場景。年輕的布紐爾與達利，都將佛洛依德《夢的解析》奉為圭臬，《安達魯之犬》就是根據佛洛依德對「夢」與「潛意識」的闡釋，所進行的探索延伸。

布紐爾欽佩達利異想天開的才華，卻厭惡他張牙舞爪的自我行銷手法。在普羅大眾的眼中，正如同布紐爾所說，他乖張、高調、搞怪、標新立異、沽名釣譽，而且對自己的一切洋洋得意，達利是低俗與高雅、聖潔與汙穢的矛盾綜合體。

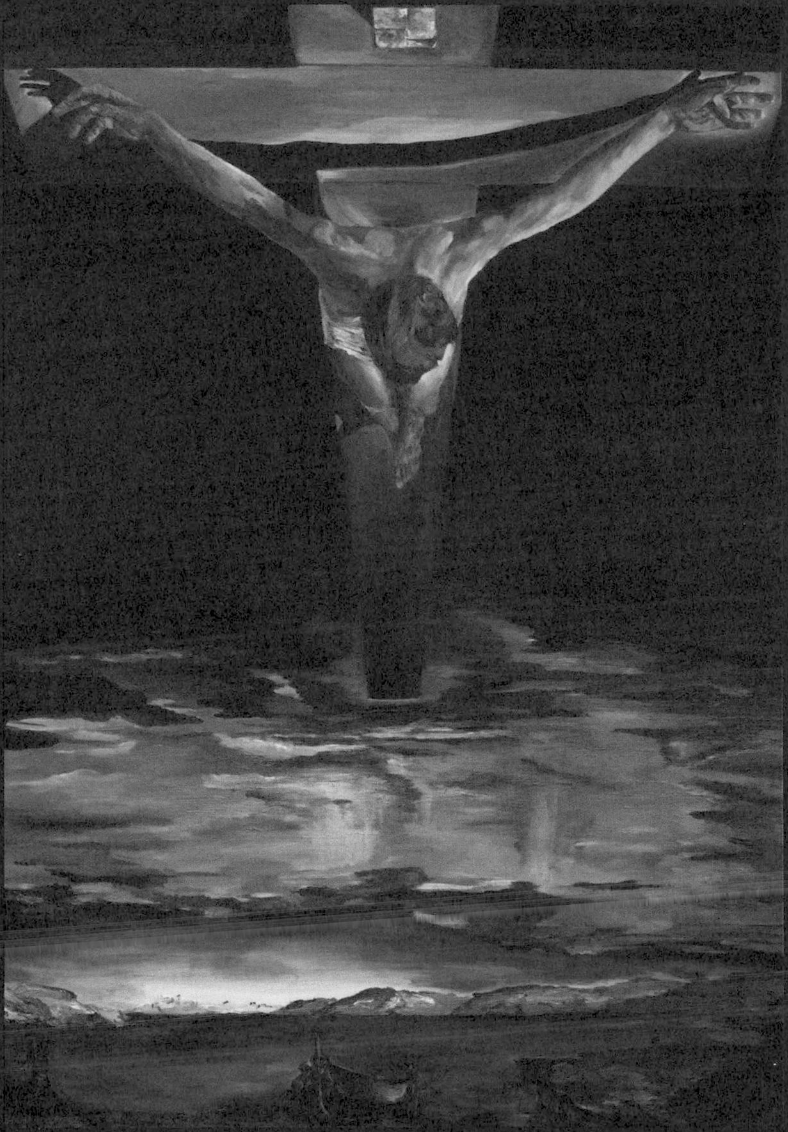

《十字若望的耶穌》
（Christ of Saint John of the Cross，1951）

我在一個尋常的冬日抵達費蓋拉斯，如果沒有這樣的達利，沒有「達利戲劇博物館」（Teatre-Museu Dalí），那麼，這裡會比布拉瓦海岸那些小鎮更加淒涼。

* * *

如果只看過達利的名作《記憶的持續》（La Persistencia de la Memoria），那你會對他產生很大的誤解，可能會以為「超現實主義大概就是這樣了吧！」

達利是百分之百的西班牙人，甚至可說是百分百的加泰隆尼亞人。他的創作，母題就是「西班牙」——教會、聖母、聖物、鬥牛、死亡、食物、愛情、裸體、暴力、色情、唐吉訶德、惡石滿布的海岸與乾裂枯槁的大地。如果了解西班牙人，你就能粗略地了解達利的創作。

達利擅長將平凡合理的事物置入不合常的場景中，藉此營造衝突不安的異樣感受，《十字若望的耶穌》（Christ of Saint John of the Cross）就是如此。耶穌與十字架飄浮在黑暗天空中，下方的水岸中有兩艘漁船及幾個人。達利雖然描繪基督受難，但是缺少傳統題材所使用的鐵釘、鮮血、鞭痕和棘冠。天主教會認為這是一幅褻瀆猥瑣的作品，要求達利撤掉重畫，達利對此開懷大笑，不以為意，他的作品

米勒《晚禱》
（The Angelus，1859）

成功地激怒衛道人士。

終其一生，達利都在冒犯別人的尊嚴。

達利迷戀聖物及異教崇拜，用瀆神的方式來敬神，這個特點反映在藝術家所有的創作上，最明顯的，就是他的妻子卡拉。在達利的心目中，卡拉是聖壇處女、青樓妓女，維納斯與聖母的化身，是母親、情人、女兒，也是一文不值的騷貨。

相傳，一位愛慕卡拉的年輕漁夫，某天帶著她出海偷情，達利看見後忍不住興奮地嘶喊：「我是戴綠帽大王！」（I am the king of the cuckold!）據稱卡拉有性上癮症，喜歡健美結實的小鮮肉，對此達利沒有怨懟，而是溺愛式的縱容，甚至花錢聘請外人與妻子表演活春宮。

達利以窺伺卡拉的風流羅曼為樂，這項不健康的興趣也在藝術創作中表現得盡致淋漓，無論是《裸體的卡拉在太陽後方》（原名很可怕，叫做 Dalí's Hand Drawing Back the Golden Fleece in the Form of a Cloud to Show Gala, Completely Nude, the

達利《L'Angelus》（1932）

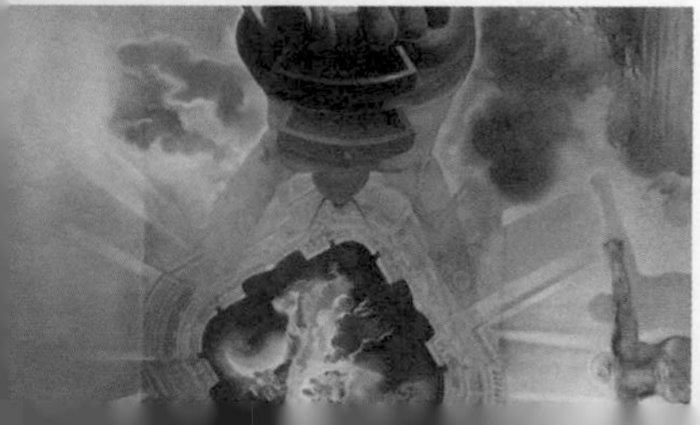

Dawn, Very, Very Far Away Behind the Sun》或是《達利掀開地中海的皮膚，向卡拉展現維納斯的誕生》（Dali Lifting the Skin of the Mediterranean Sea to Show Gala the Birth of Venus）。

這些既駭俗也優雅的作品，都在費蓋拉斯的達利博物館裡。博物館原址是一棟搖搖欲墜的舊戲院，後來被改建成活色生香的博物館，你絕對不會錯過放在屋頂的水泥巨蛋（真的是雞蛋造型），而薩爾瓦多·達利本人在過世後，就葬在這幢怪奇博物館的地下室。

* * *

走進博物館，像是踏入藝術家的大腦，各式繽紛多彩的天外奇想，在此都得到滿足實現。

達利博物館是垃圾與精品的婚生子，到處都是

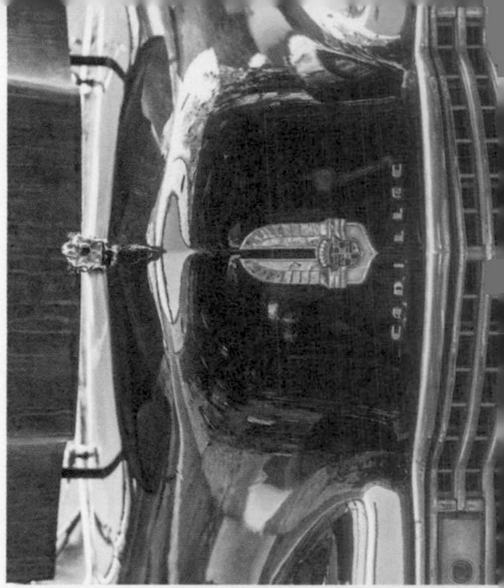

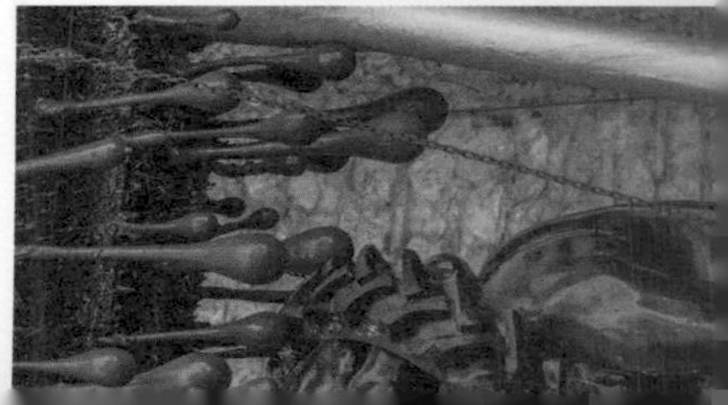

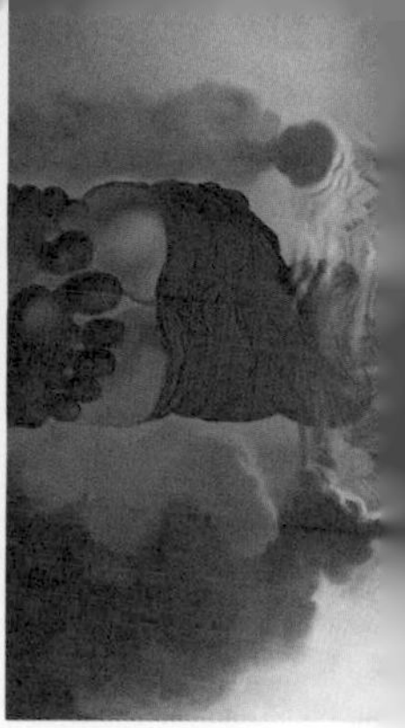

撿回來的東西和無用的廢物：車內裝著淋浴蓮蓬頭的凱迪拉克、包裹著羽毛的坐式馬桶、放著人骨的湯匙、姿態扭曲的失敗雕塑……達利天才與丑角的雙面性，在這裡一覽無遺。

我喜歡他的荒誕、無厘頭與變態，這座博物館是藝術家布公開誠的性愛辭典、超現實主義的紀念碑、腦內無意識的實境地圖，與成功的紀念品商店。幾乎每位拜訪博物館的遊客，都會在禮品中心失心瘋的大出血——從複製畫、絲巾、帽T、設計珠寶到明信片，只要看得上眼就全部帶回家，不為別的，因為達利實在太有趣了。

在博物館角落，我找到達利所繪製的塔羅牌原稿。

* * *

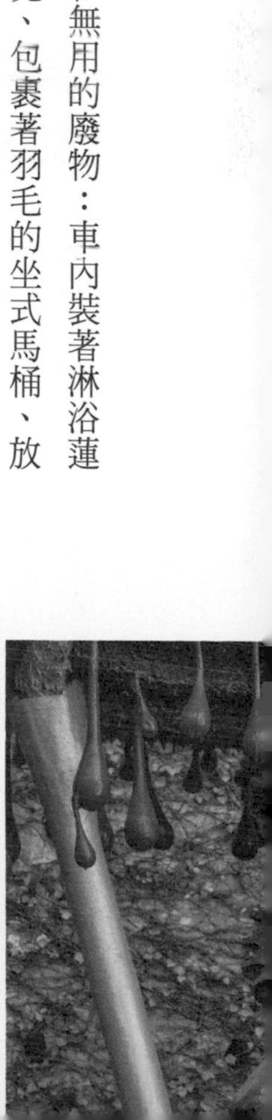

對塔羅有興趣的藝術家不僅只有達利，文藝復興後期的繪畫大師曼帖那（Andrea Mantegna）、杜勒（Albrecht Dürer）、米塔利（Giuseppe Maria Mitelli）到現代藝術家妮基・桑法勒（Niki de Saint Phalle），都曾針對塔羅牌的圖像進行解構與再創作。從詩人T.S.艾略特的《荒原》與小說家卡爾維諾《命運交織的城堡》，也可以窺見塔羅的元素。

一副完整的塔羅牌組有七十八張，可細分為二十二張較具抽象性的「大祕儀」（Major Arcana）與五十六張代表具體事件的「小祕儀」（Minor Arcana），在拉丁文中，祕儀（Arcana）這個字，意為「隱藏的真理」或「祕密的知識」。

打從中世紀開始，塔羅就以不同的形態流行於歐洲各地，不過塔羅牌上豐富的異教符號及象徵，令羅馬教廷十分反感。

義大利神父聖伯爾納定（San Bernardino da Siena）就痛斥，塔羅牌是魔鬼的創作，目的是用來宣揚罪惡，擾亂上帝的權威。其他神父也強調塔羅牌是異端，「引誘人類進行偶像崇拜」，尤其是大祕儀編號第十五、撒旦形象的「惡魔」。試問：哪種怡情養性的遊戲中，有如此大不敬的圖案？

西元一三七六到一四五二年，是我們所知塔羅牌發展最黑暗的時期。教會透過政治力

16
17
18
19

脅迫印刷廠禁印塔羅牌，紐倫堡的主教甚至在市區廣場大規模焚燬紙牌。教會對塔羅的痛惡，可見一斑。

反倒是另一位修士約翰・布雷非（John Brefeld）說：「塔羅完整地呈現世俗的象徵與現況。」

榮格非常認同布雷非的看法，也相信人類文明的基因符碼，就掩蓋在紙牌的象徵符號下，透過「原型」、「集體潛意識」等方法，塔羅牌成為精神地圖的羅盤，不僅反映個人生活，也是協助人們思考生命議題的心理學工具。

* * *

一般來說，塔羅牌組分成馬賽、偉特與托特三種體系，不同體系對牌組有不同的解釋方法。源於十五世紀法國馬賽的馬賽塔羅牌（Tarot de Marseille）最古老，由神祕組織黃金黎明協會會員愛德華・偉特製作的偉特塔羅牌（Rider-Waite Tarot Deck）最受歡迎。

達利《塔羅宇宙》中的「月亮」。

XVII
THE STAR
PAGE OF SWORDS
XIX
THE SUN
I
THE MAGICIAN
CUPS

每套牌的圖像，都根據傳統與藝術家個人見解來繪製。有時候，不同創作者對於同一張牌的詮釋會有極大差異。

在偉特體系中，大祕儀編號第一的「魔術師」，是身著白衫紅袍的年輕男子，一手指向天、一手指向地，頭上頂著「∞」代表無限的符號。畫面中央的桌上則擺有權杖、聖杯、寶劍與錢幣，代表小祕儀「風火水土」等生命四元素的四大牌組，桌旁還有分別象徵熱情、持久的紅玫瑰，與動機純潔的百合花。男子身上的腰帶，則是一條正在吞噬自己尾巴的蛇，意指許多事物無所謂開始也沒有結束的永恆循環。

在達利的《塔羅宇宙》（Tarot Universal）中，象徵「無限可能性」的「魔術師」，正是藝術家本人。達利甚至不需要指向天地，以借助宇宙能量，雙手環抱胸前的他，將自己塑造成全能全知的造物者，臉上是藝術家招牌的仁丹翹鬍子，在桌上取代小祕儀符號的，是常在達利畫中出現的紅酒、撕成兩半的麵包（勞動的目的是神聖的），捲軸（人生要有計畫）與融化的時鐘（人生的每一刻都是獨一無二的）。

據說好萊塢製片家布洛克里在籌拍〇〇七系列電影《生死關頭》時，委託達利繪製一副塔羅牌組。雖然最終合作案未能實現，但達利因此對塔羅牌產生興趣，開始進行相關研究創作，終於在一九八四年，將他的藝術成品推出面世，同時還發行限量的塔羅牌組。

＊　＊　＊

實際上，早在一九四〇年代，達利就對塔羅圖案著手研究，原因很簡單，卡拉本身也是出色的塔羅占卜師。從現存手稿來看，達利的確花了許多時間，來研究塔羅的象徵與意涵。藝術家本人蒐羅當時市面上所有的塔羅牌，並且對每一張牌進行解構與分析，他在日記中寫道：

研究塔羅牌……讓我睜著眼睛，就可以做夢……這真的是最出色的超現實主義。

達利在塔羅牌裡看見超現實主義的影子，反映出生命探索的本質。他認為，人生是一連串以純真換取智慧的旅程，在面對生活情境與情感經驗轉變時，每個人都有相似的情緒與反應，而塔羅牌正是以圖像記錄我們共同的掙扎與矛盾。達利也贊同榮格的看法，塔羅不僅是占卜未來的工具，更協助我們面對生命課題時，如何作出抉擇。

就達利的想法，我們的潛意識隱藏了原始野蠻的欲望與物種崇拜的衝動，宗教、政治及社會，是對那些欲望衝動的自然表露，而藝術家的工作，正是針對我們自然表露的情感進行記錄。

不過，童心未泯且天才洋溢的達利，向來以「不正經」的方式回應世界。

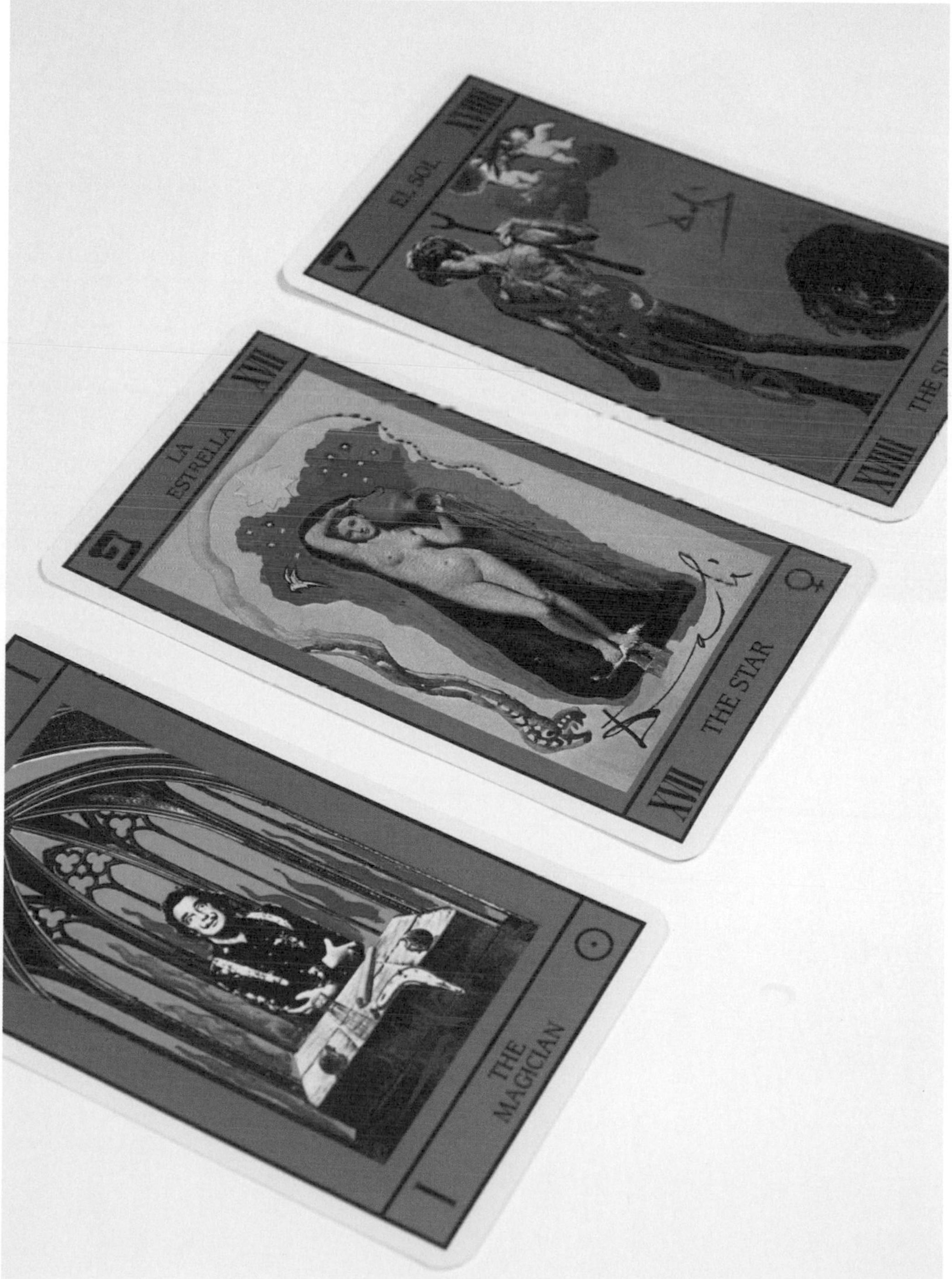
EL SOL
LA ESTRELLA
THE STAR
XVII
THE MAGICIAN
I

達利說：「米勒太認真了。」他為寧靜祥和的畫作《晚禱》加上骷髏與拐杖，讓畫面呈現惡夢般的氛圍。

達利說：「米開朗基羅很偉大，但是太矜持了。」

他將米其林輪胎套在雕塑作品《垂死的奴隸》上，還不忘把它塗成金色。

達利荒誕的喜劇性，在《塔羅宇宙》中也被凸顯出來，如多年前，在印度孟買朱胡海灘，指引我人生方向的「星星」這張牌，達利便以超現實主義的觀點重新詮釋，同時不忘戲謔一番。

在偉特塔羅的「星星」上，一名赤裸女子雙手各執一支水瓶，右手將水倒入「潛意識」的池中，左手則把水倒在「現實」的岸上。晴朗的夜空中有八顆星星，每顆星星都有八個角，數字「8」在神祕學中代表圓滿。右後方的樹上還站著一隻象徵「智慧」的朱鷺，畫面散發平和的感受。「星星」指的是人在沉澱後領悟奧祕的篤定恬靜，即將獲得自由，展翅飛翔。

人類仰望星空，在過程發展出「天文學」（Astronomy，意思是天體的規則）與「占星學」（Astrology，原意為天體的學問），這兩門學科分別是人類意識理性的追求，與潛意識感性的渴望。「星星」這張牌，正代表著粉碎虛構與現實、傳統與現代、意志與表象、意識與潛意識之間的長城。在星光的指引下，人們在黑暗中汲取智慧，發現自由，進而找到方向。

達利首先挪用畫家安格爾的《泉》（The Source）做為「星星」的主視覺，傳統兩支水瓶只剩下一支，因為這位超現實主義的藝術家認為，意識與潛意識互為表裡，而且在日常現實中合而為一。人類將夢想投射在遙遠的未來，化為指引我們的星辰，這顆指極星在達利筆下，化成基督誕生時的伯利恆之星，在希望之外，更帶來了救贖。藍色意味著對自由的嚮往，智慧則在自由中釋放，讓我們有機會認識無限，靠近永恆。

達利對另外兩張牌的詮釋，也很有趣。

他將中世紀的「月亮」，置換成具有現代感的場景。摩天樓意味著節節高升的欲望，

月光穿透高樓，超越孤獨與欲念，看見真實的內在世界。

而充滿愉悅解脫與重生的「太陽」，達利以阿波羅塑像取代傳統形象。古希臘人將歡樂、理智、開放、覺醒等心理狀態，具象化為阿波羅，不過，我總覺得達利發掘這張牌的陰暗面，手持短叉的太陽神看起來有點陰險——樂觀積極的心態有時也是一種盲目，藝術家透過「太陽」，表達對正向思考的另類觀察。

* * *

一九二四年，法國詩人布勒東（André Breton）在超現實主義的《第一宣言》（Surrealist Manifesto）中提到：「超現實主義是真實與幻想，理性與非理性的混合體。」達利的《塔羅宇宙》，正完整地

呈現《第一宣言》所揭示的本質。達利理解人類面對天體時的複雜情思，用拼貼的方式創作，並且在知識與直覺的基礎上重現。對我而言，達利的《塔羅宇宙》是對情緒、夢境、意識與心理原型的探索，在神祕學的星空下，他依然瞥見理性的光芒。

我站在街角，回頭端詳這座怪奇博物館。屋頂的大型雞蛋在暮光下，出乎意料的肅穆莊嚴，但也很愚蠢，這正是達利給世人兩種截然不同的感受。

寒風中，今晚的第一顆星星，就孤懸在這些巨蛋上方，正如《塔羅宇宙》所繪製的「星星」，那般清晰、動人。

我在《天王星：魔術之神》
迷離撲朔的主題伴隨下，
返回倫敦。
暮光下的帕丁頓車站，看起來空洞而哀傷，
聽了幾輪《行星組曲》後，
好像我也做了一趟百萬光年的星際旅行，
體驗了霍斯特腦海中
屬人也屬靈的星空經驗。

一趟百萬光年的旅行

星空下的音樂‧行星組曲

eitsmarsch
peares „Sommernachtstraum"

二、三百位朋友和音樂界同仁，聚集在燈光昏黃的演奏大廳欣賞音樂，
每個人都意識到，這絕對是獨一無二的夜晚。
在演奏中他們聽到的音樂和過去完全不同……
儘管歷經了四年戰爭，《火星》不安的喧鬧依舊令他們難以忍受。
在《木星》的樂章，
那些在長廊裡打雜幹活的女工，紛紛放下洗衣棒翩翩起舞。
在《土星》沉重的音符中，
中年聽眾感到自己隨著指揮棒的每一次晃動而逐漸衰老；
而《海王星》的終曲尤其令人難忘，
幕後的合唱女聲漸漸變弱、愈來愈遠，
直到聽眾的想像力無法區分聲響與寂靜為止。

——依莫根·霍斯特（Imogen Holst）

從倫敦的帕丁頓車站出發，大約兩小時車程，就能抵達喬汀翰（Cheltenham）。

十九世紀著名的美學家羅斯金拜訪過喬汀翰後，對此地讚不絕口，聲稱這裡是全英格蘭「最愉快的所在，一座輕巧又時髦的小鎮」、「最完整、最美的攝政時期城鎮」。今天的喬汀翰可能不及鄰近的巴斯、格洛斯特、布里斯托來得有名，不過正因為如此，這座小城仍保留著沉靜含蓄的攝政時期風格。

十九世紀最初的二十年，英王喬治三世因為長期精神困擾而怠政多時。為了維持國家運作，國會決定讓喬治三世的長子——威爾斯親王兼任攝政王，乃至於即位為喬治四世，到後來駕崩，這段時期從一八一一年到一八三〇年六月二十六日為止，藝術史研究稱之為「攝政時期」（Regency Era）。

這年代，正是工業革命之後中產階級崛起，連帶啟動新美學運動，在歐洲各地掀起驚天浪潮。從日耳曼地區、法語歐洲到北美，各地對新世代藝術品味賦予不同的名詞，但在本質與精神上，都指向「調和式」（Blended）的新古典主義。

在英國，這波新藝術品味被稱為「攝政時期風格」。在許多方面，它深刻地影響今日世界。

next

男仕衣著剪裁得宜的俐落版型，取代法蘭西波旁皇室的自戀優雅，成為男裝時尚的先聲。恢宏大氣的公共建築、端莊持重的家具擺飾，是攝政時期廣受歡迎的設計品味。甚至於今天地球上每個角落都看得到的瀝青柏油道路，也是一八二〇年蘇格蘭工程師麥可亞當（John Loudon McAdam），首先在喬汀翰鋪設實驗。

在波濤洶湧的混亂年代中，這種偏好安定和諧的藝術風格，成為穩定社會的視覺安慰。

攝政時期為現代生活開啟了多重可能，所有的一切，都可以在喬汀翰找到陳跡。而我所尋找的作曲家古斯塔夫．霍斯特（Gustav Holst），就是在如此保守拘謹的城市氛圍下，展現他與眾不同的叛逆與反動。

* * *

一八七四年九月二十一日，霍斯特誕生在喬汀翰市區的克拉倫斯路四號（4 Clarence Road），爸爸阿道夫幫小霍斯特取了與祖父相同的名字「古斯塔夫」（意思是「天國的守衛」），顯示了

霍斯特肖像。

聖保羅組曲

家族與斯堪地那維亞地區的淵源。

父親阿道夫是十九世紀英國小有名氣的鍵盤演奏家及指揮家，母親克拉拉也是深具才華的鋼琴家及歌唱家，不過她在霍斯特八歲時就逝世，因此霍斯特在父親嚴厲的音樂與家庭教育中成長。

小霍斯特承繼了雙親出眾的音樂聰慧，十二歲就開始嘗試作曲。不過父親比較希望他成為職業鋼琴演奏家，因此霍斯特除了平常勤練彈琴之外，又趁父親外出時，拿出法國作曲家白遼士所寫的《現代樂器法及配器法》，在家揣摩自學。

直到有一天，父親發現霍斯特右臂神經炎非常嚴重，已經到了手不能提、掌不能握的地步，阿道夫此時才明白，兒子已不可能靠演奏鋼琴謀生。於是，在一八九三年，霍斯特放棄成為演奏家，轉而報考倫敦皇家音樂學院學習作曲。

今天的克拉倫斯路四號，是古斯塔夫・霍斯特出生地紀念館。裡面真正屬於作曲家本人的物件並不多，但博物館本身卻是血統純正的維多利亞時期中產階級生活的時光膠囊，封存了世紀末特有的耽美慵懶。

海王星

酒紅與象牙白的壁紙紋飾，是維多利亞時期居家的基本色，夜晚在室內點燃煤氣燈後，酒紅會滲出琥珀的光采，而象牙白則將煤氣燈的昏暗化為溫暖金黃，有別樣的感官情調。即使地點不同，當年作曲家就是在這樣的房間裡構思，探索音樂的宇宙。

進入音樂學院研習，並不代表霍斯特的人生從此一帆風順。入學之際，指導老師斯坦福（Charles Villiers Stanford）對霍斯特的作品並無好感，實際上斯坦福對所有英國作曲家都看不順眼，日後作育無數英才的帕里（Hubert Parry）、被封為英王御前音樂教師的艾爾加（Edward Elgar），當時都和他有過爭執。

斯坦福對霍斯特可說是處處刁難，在他苦苦爭取兩年之後，終於取得作曲獎學金的資格。在此之前，霍斯特每年都要向父親借貸一大筆錢，來支付倫敦昂貴的學雜費。

為了討生活，霍斯特選擇當時比較受歡迎的銅管樂器——長號，做為副修。小時候患有近視、哮喘及神經炎的霍斯特，研習長號演奏後，意外地治好他的哮喘，也讓這位當時還籍籍無名的作曲家能在樂團糊口飯吃。

火星

金星

就讀音樂學院期間，霍斯特結識了兩位終生知己，一位是音樂家佛漢．威廉士（Ralph Vaughan Williams），另一位則是女高音依索貝爾小姐（Isobel Harrison）。在創作之路，威廉士給了霍斯特許多支持與意見，而依索貝爾小姐後來成為霍斯特夫人。兩人在婚後曾經有段寅吃卯糧的羞澀歲月，靠太太做裁縫貼補家用，直到霍斯特接下聖保羅女子學院的教職及終身指揮，家計才漸漸好轉。

一九一三年霍斯特為學校弦樂團所寫的《聖保羅組曲》（St Paul's Suite），至今仍是作曲家最出色的作品之一。

* * *

在博物館二樓起居室的鋼琴譜架上，放著霍斯特一九一五年所創作的《行星組曲》（The Planets, Op. 32）〈海王星〉的琴譜。

根據作曲家獨生女依莫根的轉述，《行星組曲》創作的啟發，源於霍斯特接受朋友的邀請，前往地中海馬約卡島度假時的經歷。鋼琴家蕭邦與他的情人喬治桑也曾經在這裡度過一個冬季，著名的前奏曲〈雨滴〉，就是在這裡完成的。

水星

霍斯特在度假期間，認識了當時歐洲重量級的占星學家——里奧（Alan Leo）。我在倫敦占星聯誼會（Astrological Lodge of London）看過他的作品《合成的藝術》（The Art of Synthesis，1912）首版書，這本融合神智論（Theosophy）、印度吠陀哲學與古代占星術的玄妙之作，奠定了現代占星學的基礎，今天我們所聽過的占星理論，幾乎都從里奧的著作延伸而成。

少年時期的霍斯特，就展現對古印度文學的高度熱忱，尤其是充滿音韻美感的《梨俱吠陀》。一九〇九年他從皇家音樂學院畢業後，還特別考入倫敦大學的東方語言學系研究梵文。受到史詩《羅摩衍那》與《摩訶婆羅多》的啟發，後來霍斯特的音樂都隱約閃爍著東方的玄祕虛幻。

正因對東方玄學的喜愛，霍斯特與里奧可說是一見如故。《合成的藝術》中嘗試以古印度占星學觀點來修正西方體系的宮位解釋，作曲家對此抱著濃厚興趣。大概也就在這個時候，一系列關於行星的神祕樂音，在霍斯特的腦海中逐漸成形。

幾年後，作曲家談論創作《行星組曲》時，曾說道：

這些曲子的創作，曾經受到諸行星在占星學意義上的啓發。它們不是標題音樂，也不與古代神祇有任何關聯。如果真的需要些音樂上的指引，那麼，從廣義上來說，

JUPITER

Equatorial Diameter:	**142,984 km**
Polar Diameter:	**133,709 km**
Mass:	**1.90 × 10^27 kg (318 Earths)**
Moons:	**67 (Io, Europa, Ganymede & Callisto)**
Rings:	**4**
Orbit Distance:	**778,340,821 km (5.20 AU)**
Orbit Period:	**4,333 days (11.9 years)**
Surface Temperature:	**-108°C**

Jupiter size compared to Earth

木星

向你發誓，我的祖國

art. In just over a decade he created approximately
latter works include landscapes, still lifes, portraits
expressive paintwork that became a major influence on the
of modern art. He sold only one painting during his lifetime
and mental illness.
Born into an upper middle-class family, Van Gogh
and was thoughtful and intellectual but showed signs of
younger brother Theo, who kept up a long correspondence
Many of his early works depict common and peasant labour
few signs of the vivid colour that distinguished his mature
he broadened his subject matter to include olive trees,
fields and sunflowers. In 1886 he moved to Paris and discove
Impressionists. His paintings grew brighter in colour as he
that became fully realised during his stay in Arles in 1888. There
'Yellow House', and with the French artist Paul Gauguin deve
of colour that symbolised inner emotion.

每首樂曲的副標題足以說明一切，例如木星一向給人輕鬆愉快的感受，它也和宗教慶典或國家儀式有關，人們會在這些場合縱情歡樂。土星所象徵的，不僅是肉體上的衰退，同時也是對現實人生的深度洞察，標示著人在超越顛峰之後，完成生命理想的心平氣和……

＊ ＊ ＊

海王星是太陽系第四大行星，距離太陽約四十四億九千六百萬公里，公轉一周需要一六四．八年，這顆由冰凍甲烷構成的藍色行星，雖然到一八四八年才被天文學家發現，卻很快地被占星學納入系統。

《合成的藝術》描述海王星象徵著：敏感、細膩、充滿幻想、神祕、超現實，渴望「超越獨立的自我意識，與更大的整體融合」。霍斯特品析里奧的見解，特別將屬於海工星的曲子訂名為〈海王星：神祕之神〉（Neptune, the Mystic，1915）。

在《行星組曲》中，〈海王星〉的旋律最為幽暗晦澀。樂曲是

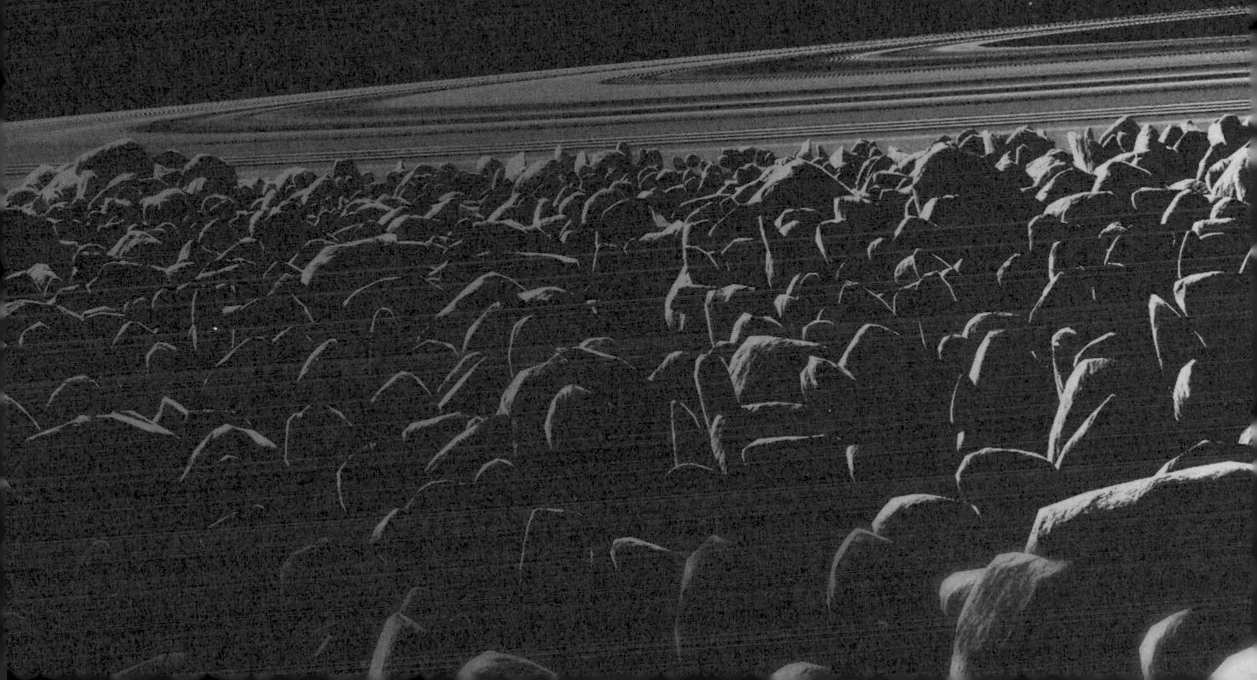

由兩條空靈的主題旋律，與隱身幕後的女聲合唱交織而成。首先由長笛吹出飄渺、略帶不安的第一主題，伴奏的木管部慢慢加強音量，逐次增幅聽覺的神祕感受。緊接著中間部由弦樂、豎琴與鐘琴奏出飄忽不定的抒情旋律，讓人不禁聯想到神祕天外的奇異音響。再過一會，不在現場的女聲合唱出現，單簧管奏出優雅的第二主題，伴隨著曖昧朦朧的音色，我們離現實更加遙遠。當合唱第三度出現，旋律被推向蒼茫無限的宇宙邊際，最後緩緩消匿於太虛之中。樂曲以極弱奏（pp）貫穿，為《行星組曲》帶來幽幻的終結。

我看著譜架上老舊的琴譜，看著世人如今對霍斯特的長久懷念，難以想像這些神祕樂章在發表之時，所受到的冷遇。

綜觀整個十九世紀到二十世紀初的音樂發展，其實就是調性崩解的過程。霍斯特與俄國作曲家拉赫曼尼諾夫的音樂，均被同時代的音樂人、評論家認定是「時代錯誤」（Anachronism）的產物。

一百年過去了，兩人的音樂早已被奉為經典，昔日的譏諷嘲弄早就煙消霧散，藝術品味的確隨著世道人心而浮動啊！

* * *

天王星

在返回倫敦的列車上，我將 iPod 中的《行星組曲》，透過耳機播放出來。霍斯特將最早完成的〈火星：戰爭之神〉（Mars, the Bringer of War），編排在組曲的第一首。其實從現代天文及占星學觀點看來，將〈火星〉放在組曲序章是非常衝突、不合乎邏輯的。

然而，作曲家主要是透過宇宙天體來描寫人性，凸顯出人類的原始本質：侵略、頑強與固執。智人的劣根性在音樂開頭立即呈現，以定音鼓、豎琴和弦樂奏出穩定、重覆、野蠻、充滿威脅性的節奏，像是軍隊行進般肅殺，令聽眾坐立難安。

強烈的緊張感瀰漫整首樂曲，許多人認為，〈火星〉預見了第一次世界大戰的血雨腥風，隱喻著殺戮的殘酷，當大家知道這首曲子在大戰爆發前半年就譜寫完成，也就更加敬畏作曲家對現實的獨特敏銳。

第二樂章〈金星：和平使者〉（Venus, the Bringer of Peace），是由三個抒情優美的主題旋律巧妙配合而成，充滿了平安喜樂的寧靜氛圍，和〈火星〉成明顯對比。

整首曲子非常安靜，力度普遍在極弱的 pp 到中弱的 mp 之間，與〈火星〉的極強 ff 到超強 ffff 有很大不同，配器上也比較輕巧，除了法國號以外，銅管部全程保持靜默，就連弦樂部分也時常省去低音，樂曲速度比較慢，也比較自由。我喜歡樂曲中恬靜淡

漠的民謠旋律，充滿桃花源式的綺想。

第三樂章是〈水星：飛行信使〉（Mercury, the Winged Messenger），這首強弱變化較大的六八拍曲子，明顯帶有舞曲元素的詼諧作品，充滿了活潑靈動的青春能量，飛翔感十足，很符合使者墨丘利（Mercurius）的神話形象。霍斯特曾經說過，水星是「每個人內在青春的象徵」，作曲家大膽以E大調與降B大調雙重調性來創作，側寫人類心智具有多重面貌的可能。

第四樂章是全曲最著名的〈木星：歡樂使者〉（Jupiter, the Bringer of Jollity），這是全曲規模最宏大，色彩最濃郁，層次也最豐富的作品。簡潔、清新，充滿了令人愉悅的和聲，以及鼓舞歡欣的節奏。

曲中第四主題是莊嚴崇高、具有完整民謠曲式的優美旋律。這段主題自問世以來，就深受民眾喜愛，一九二一年被譜上歌詞，成為合唱曲〈向你發誓，我

的祖國〉（I vow to thee my country），成為英國大眾所熟悉的第二國歌。前首相邱吉爾、英國皇太子妃黛安娜生前都喜愛這段旋律。後來，一九六五與九七年，分別在兩人的葬禮上，特別演奏〈向你發誓，我的祖國〉的弦樂版及管風琴版。

在歡欣躍動的〈木星〉之後，是沉鬱感懷的〈土星：老年之神〉（Saturn, the Bringer of Old Age），低音大提琴幽怨帶著鼻音的宣敘調，暗示著暮年的衰弱與絕望，慨歎時間無情地流逝。不過樂曲最後，弦樂合奏出悠揚平和的曲調，逐漸取代了開頭主題的不安與恐懼，在充滿安詳虔敬的宗教情懷中結束。終究，人還是要回歸造物者的懷抱。

＊　＊　＊

我在〈天王星：魔術之神〉（Uranus, the

Magician）迷離撲朔的主題伴隨下，返回倫敦。暮光下的帕丁頓車站，看起來空洞而哀傷，聽了幾輪《行星組曲》後，好像我也做了一趟百萬光年的星際旅行，踏出車廂後的暈眩與異樣感受，大概太空人著陸後也有類似的不適吧！

融合天文觀測、占星神話、浪漫想像與過人才華的《行星組曲》，絕對是古典音樂中獨具風格的異數。後來也有許多人，嘗試以音樂揣摩人與宇宙的神祕關聯，但總是差了那麼一點。霍斯特重新定義「天體音樂」，詮釋屬人也屬靈的星空經驗，這正是我喜愛《行星組曲》的原因。

下次，有機會欣賞《行星組曲》，試著撥去重重疊加的文化意象和符號，你或許就有機會，聽見星體運行的玄奧樂音。

一場結合法國皇室和義大利麥第奇家族的
世紀婚禮，
將藝術大師達文西於一四九〇年製作的
大型舞碼《天堂盛宴》經典復刻。
這部舞碼集古代占星學及異教神話之大成，
不僅是文藝復興時期的另類傳奇，
也因為這場浪漫唯美的婚禮，
創造了日後的芭蕾舞、
激發了宇宙源起的思考、
更孕育了巴洛克風格的誕生。

七重天上的完美浪漫

星空下的婚禮・天堂盛宴

什麼！還有化妝舞會！聽好，潔西卡，把家裡的門鎖上，
妳若聽見鼓聲和笛子那邪惡、刺耳的聲音，
不許爬到窗台上張望，也不要伸出頭，
我不許妳看街上那些臉上塗得花花綠綠的蠢基督徒……

——— 莎士比亞《威尼斯商人》（The Merchant of Venice，1600）

年少時，我曾經企盼海枯石爛的情緣、地老天荒的纏綿，一廂情願地認定，人需要在愛情的濃烈火焰中鍛燒焠冶，才算認真活過、任性地做過自己。

多年後，我逐漸了然，在滾滾紅塵中，除了刻骨銘心的生死相許外，還有執子之手、與子偕老的溫存。那是即使在相識相知多年後，依舊懷抱著「人生若只如初見」的微妙感動。

正因如此，我相信愛情的溫暖信守，我相信誓言的篤實堅定。在這個大家都說世態炎涼、人心易變的年代，我們需要多一點義無反顧的執著、多一些無可救藥的浪漫，對我來說，每一場婚禮都是人生下半場的幸福預演，通過婚禮喜宴，我們得以摸索理想與現實的生命輪廓，遙望光年以外的人生可能。

* * *

有些婚禮，不僅改變兩人的生活，更改變藝術風貌。

時間回到一五三三年，一場別開生面的婚禮在法國舉辦。

法國國王法蘭索瓦一世（François I）第四個孩子亨利，即將迎娶羅馬教皇克勉七

Always reluctant to discuss himself and his art, Hopper simply summed up his art by stating, "The whole answer is there on the canvas."[51] Hopper was stoic and fatalistic—a quiet introverted man with a gentle sense of humor and a frank manner. Hopper was someone drawn to an emblematic, anti-narrative symbolism,[52] who "painted short isolated moments of configuration, saturated with suggestion".[53] His silent spaces and uneasy encounters "touch us where we are most vulnerable",[54] and have "a suggestion of melancholy, that melancholy being enacted".[55] His sense of color revealed him as a pure painter[56] as he "turned the Puritan into the purist, in his quiet canvasses where blemishes and blessings balance".[57] According to critic Lloyd Goodrich, he was "an eminently native painter, who more than any other was getting more of the quality of America into his canvases".[58]

Conservative in politics and social matters (Hopper asserted for example that "artists' lives should be written by people very close to them"),[59] he accepted things as they were and displayed a lack of idealism. Cultured and sophisticated, he was well read, and many of his paintings

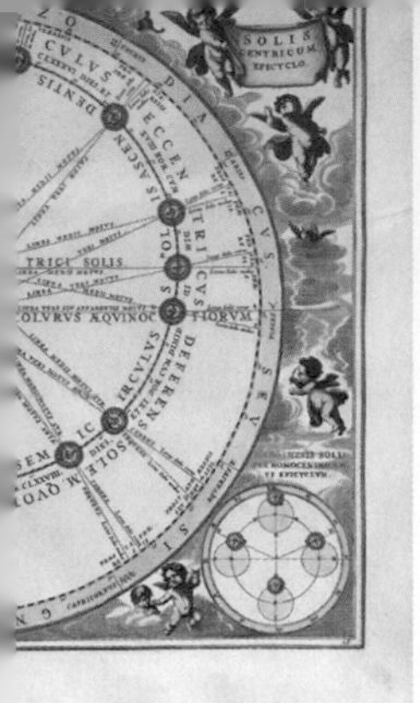

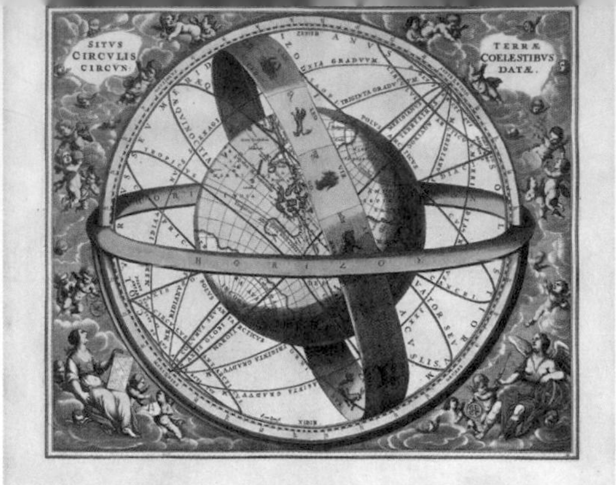

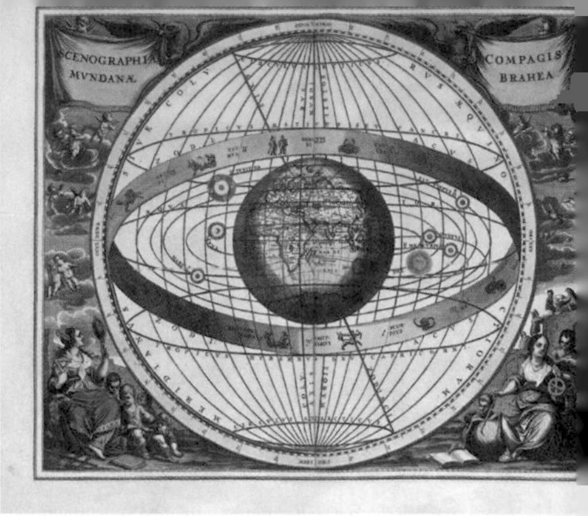

世的姪女，來自佛羅倫斯的凱薩琳・麥第奇（Catherine de Médicis）。婚禮之前，男女雙方家長都沒見過未來的女婿與媳婦（新郎、新娘都只有十四歲），這場籌備多時的婚宴，不僅是外交折衝、政治角力下的媒妁之言，同時也為歐洲文化帶來了深遠的影響。

婚禮及喜宴預定在馬賽與巴黎舉行，消息一出，法蘭西全境上下，都為這大喜之日摩拳擦掌。法蘭西宮廷宴會，向來就以大膽放縱、毫無節制的逸樂而聲名狼籍：酒池肉林的裸體荒宴、浪蕩奢靡的化妝舞會、低俗不堪的色情詩朗誦大會、血腥的長槍競技與騎馬比武……「低俗趣味的流行大串燒，行之有年，而且樂此不疲，」一位來自梵諦岡的使節，在回報給教皇克雷門七世的書信中，如此寫道：「他們縱慾放蕩的醜態，連新大陸未開化的野蠻人都覺得羞恥。」

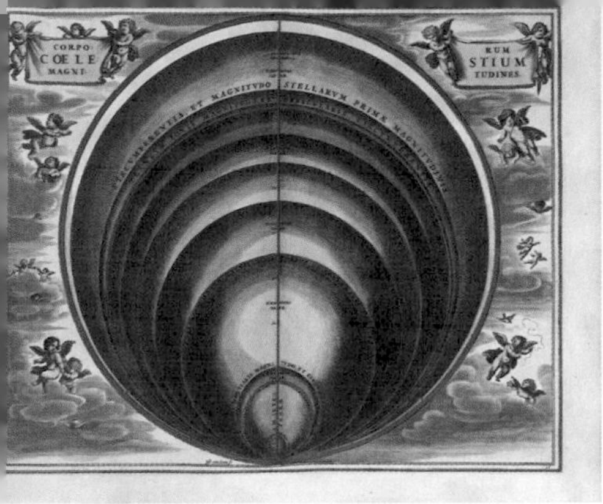

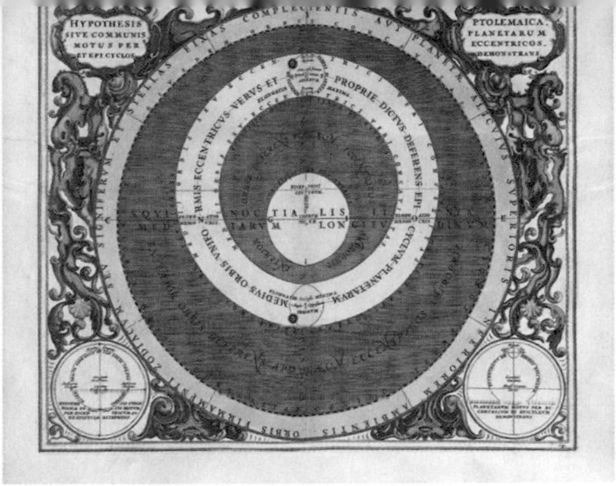

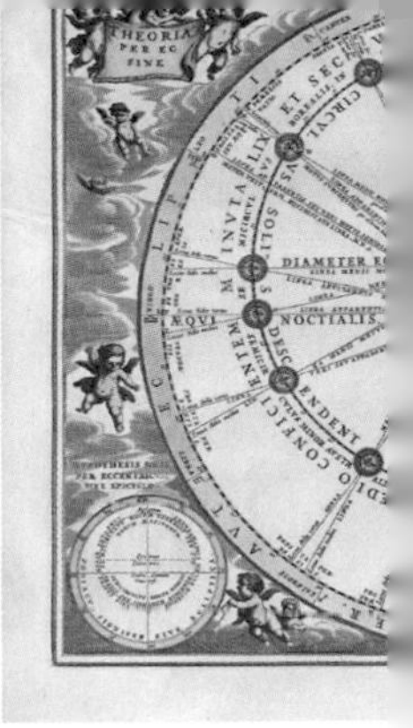

法國人樂此不疲的消費形式，在走在流行尖端的義大利人眼中，粗暴、凶殘、野蠻；法國人趨之若鶩的宮廷玩樂，既沒有創意，也沒有格調，連「庸俗」的邊都沾不上。

來自文藝復興中心的麥第奇家族，決心要告訴法國人，什麼是「高雅」，什麼又是「貴族品味」。

* * *

早在婚宴前七個月，麥第奇家族就成立了籌備委員會，召集藝文界、娛樂圈的名家大腕，共同打造前所未有的壯觀慶典。婚宴的概念，是結合宗教祭典與宮廷娛樂：高級訂製服盛裝遊行、低空煙火、雜耍特技、舞台魔術、馬術芭蕾（Classical Dressage，由數百名騎士的精湛騎術，讓馬匹以獨特步伐進退，並且排列出繁複的幾何圖形）。

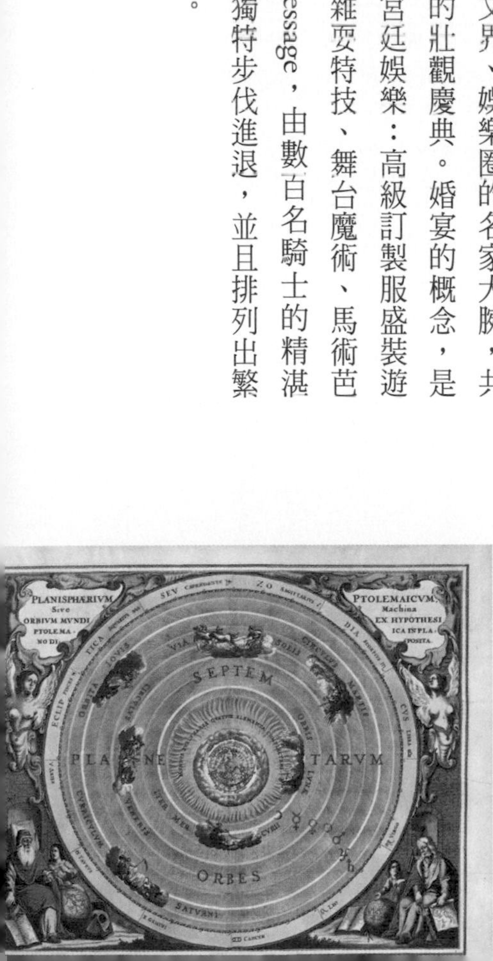

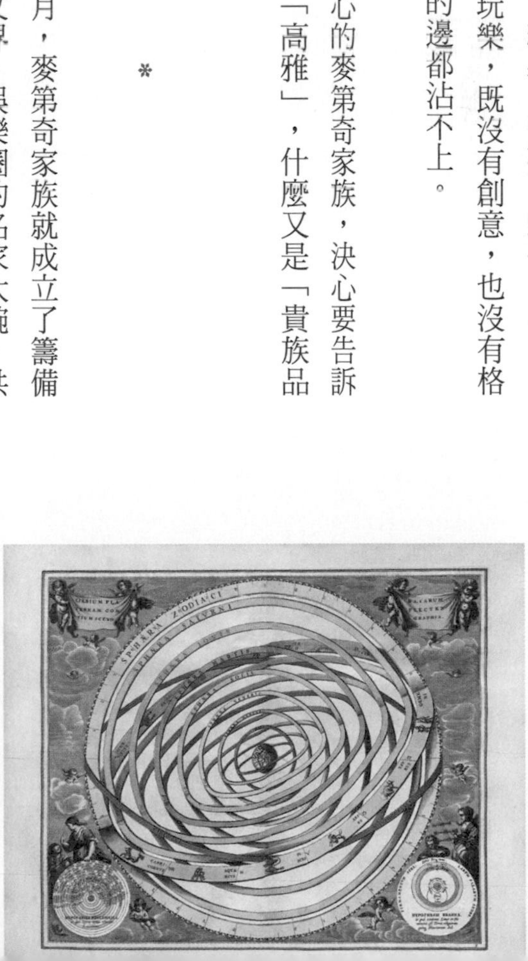

還有流水宴席——光是服務人員就多達兩千三百人，每道料理都是由純金餐盤呈桌，還讓許多白孔雀在餐桌走道間肆意漫步——貫穿全場，讓北方的高盧人眼界大開，自嘆弗如。

婚宴的高潮，是將藝術大師達文西於一四九〇年，為米蘭斯弗札家族所製作的大型舞碼《天堂盛宴》（Festa de Paradise）經典復刻。這部舞碼集古代占星學及異教神話之大成，是文藝復興時期的另類傳奇，我第一次在圖書館研究四百多年前的製作手札，才意識到達文西源源不絕的想像及創意，絕不僅限於亞麻布或羊皮紙上。

首先，一五三三年的婚禮重製版，將原始卡司編制擴大，主角是七大行星外加眾神使者墨丘利（Mercury）、七大美德（Seven Virtues，謙卑、寬容、耐心、勤勉、慷慨、節制、貞潔）、美慧三女神（Three Graces，或稱為 Charites，是魅力、美與創造力的具體化身）與神話中的阿波羅、寧芙與雅典娜。最重要的是，加上當代流行的復古節奏、輕鬆優雅的旋律與簡單優雅的舞步，讓演員舞者以太陽系（不過當年的太陽系中心並不是我們所熟悉的恆星太陽，也不是托勒密認定的地球，而是另一顆想像、不曾存在的巨大火球）的排列陣式在賓客間穿梭，打破傳統劇場與觀眾的距離，在席間快閃互動、演出。

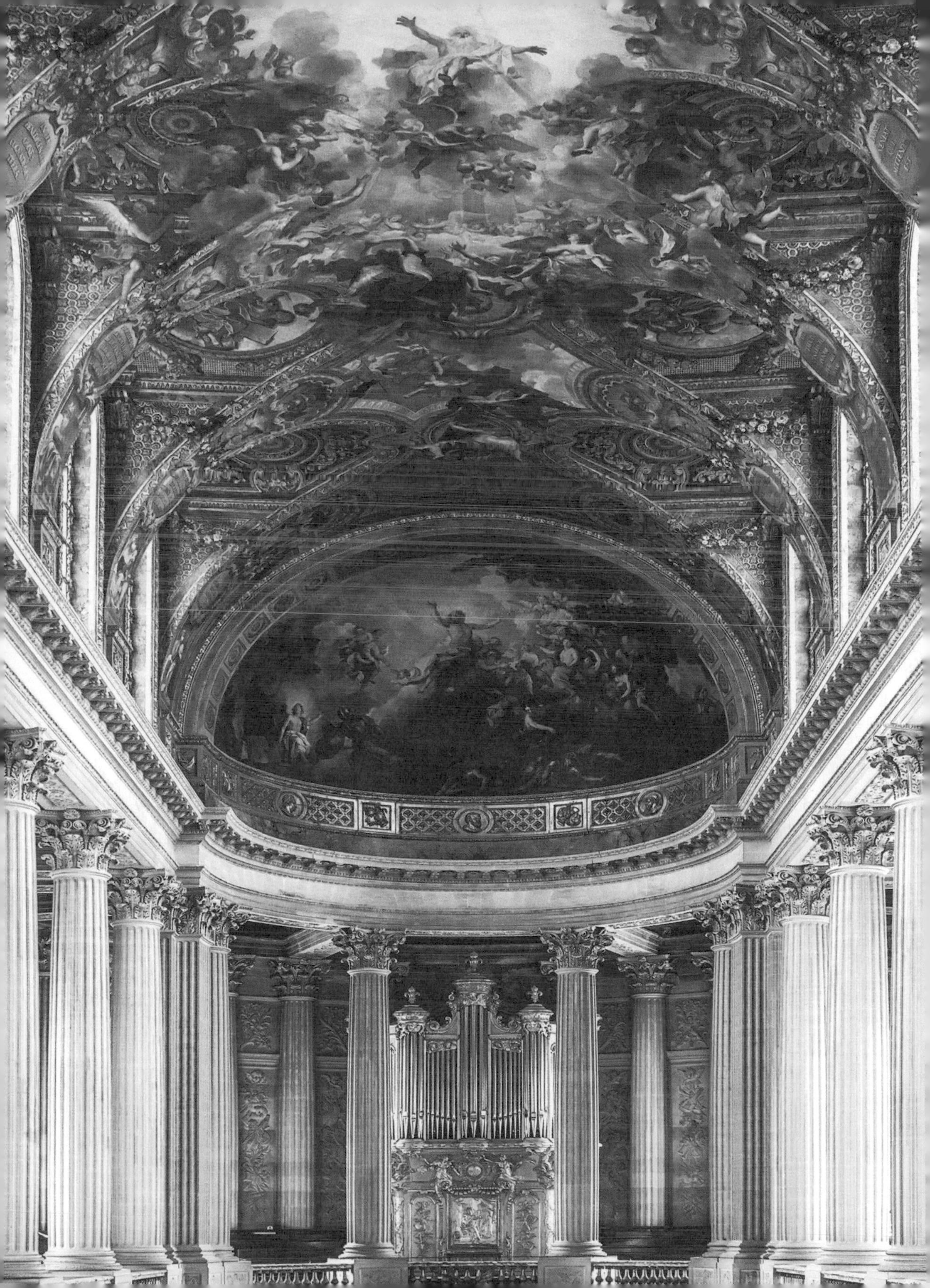

「彷彿就在七重天之上！」一位參與盛典的西班牙大使在日記中寫下他的感動：「我深受啟發，情不自禁掉下淚來……輕盈曼妙的舞姿就像是來自另一個世界……我終於知道天堂的模樣了！」

這項講究韻律節奏、雍容高雅的舞步在婚禮後，迅速在社交圈流行，當時人稱「芭里」（Balli）或「芭蕾蒂」（Balletti），後來在所有的舞會及儀典中均可看見。沒錯，後來這項舞蹈技藝被高度格式化，像古希臘文或拉丁語一樣，發展出自己的文法規律、詞性轉換與詞尾變化，今天我們稱它為「芭蕾」（Ballet）。

以亨利二世與凱薩琳．麥第奇的世紀婚禮為軸心，義大利文藝復興的美學觀點與生活品味，在接下來的數十年陸續被引介、移植進法蘭西宮廷，朝野臣民爭相仿效，芭蕾舞的流行只是其中之一。亨利二世於一五五九年在一場烏龍比武意外駕崩，他與凱薩琳的三個孩子，法蘭索瓦二世、

查理九世及亨利三世，先後繼任皇統，他們同時也延襲了母后對慶典、舞會、遊行的熱愛。

* * *

時間再回到十五世紀末的佛羅倫斯，法國王后凱薩琳・德・麥第奇的曾祖父，被稱為「偉大的羅倫佐」的羅倫佐・德・麥第奇（Lorenzo de' Medici，1449–1492），當時為了重振古希臘哲學與古羅馬文學，而捐助成立的聖馬可學院，正是義大利人文主義復興的原點之一。

聖馬可學院不授予學位，所有成員必須獲得資深會員的引薦、認可才得以進入。唯美浪漫的《春》（Primavera）、《維納斯的誕生》（Nascita di Venere）作者波提切利（Sandro Botticelli），和聖母百花聖殿總工程師布魯內列斯基（Filippo Brunelleschi）、米開朗基羅、偉大人文學者費奇諾（Marsilio Ficino），都是聖馬可學院的成員。

五百年前的歐洲世界，面對鄂圖曼土耳其的崛起、日益加劇的宗教衝突，以及大量新大陸貴金屬輸入而導致的通貨膨脹，苦惱不已。這批奉「新柏拉圖主義」（Neo-Platonism）與「畢達哥拉斯主義」（Pythagoreanism）為圭臬的人文學者，深信在分崩離析的社會動盪背後，在分歧紊亂的政治表相之下，隱藏著神聖秩序與和諧，一個由數學規則與理性思維建構的世界體系，體現造物者的偉大神祕與無限宇宙的自然規律。

也就是說，在「我們」可感知的世界之外，另外還有完美的世界存在。

但要理解這個完美的宇宙體系，得先明白天文學和音樂、數學之間的糾葛纏綿。

* * *

早在兩千六百年前，來自愛琴海薩摩斯島的數學家、哲學家畢達哥拉斯，就企圖用弦長的簡單整數比例，來說明音樂的和聲原則，並將這個原則推廣到行星的運行。

在畢達哥拉斯的想像之中，太陽系有十個星球，中心環繞著一個巨大火球（前面提過了，不是太陽），以正圓形軌道繞行。較遠的星球（例如木星、土星）發出較高的聲音；較近的星球（例如月亮、水星）發出較低的聲音，但所有的聲音都會以「大三度」及「純五度」形成悅耳的和弦，畢達哥拉斯稱為「天體和弦」（Celestial harmonies），或是「天籟」（Music of the Spheres）。

在哲學家的想像之中，每條行星軌道，都是五線譜上的分隔線，而行星就是在樂譜上飛翔的音符。不過，這個比喻也許不怎麼恰當，樂譜及音符還要再一千多年的發展才出現。

從古希臘開始，「天體和弦」的觀念給了托勒密靈感，創作出以太陽為中心的古代宇宙模型，一直延續至文藝復興，並深鑲在現代占星命理之中。

從「天體和弦」的概念出發，另一位來自德國的天文學家克卜勒（Johannes Kepler，1571–1630），加上多年的天文觀測紀錄，導出了行星運動定律，在他的著作《世界的和諧》（Harmonices Mundi）中提到：

> 神，萬物的創造者，經由天體和諧運行，向我們揭示宇宙的定律，如音樂一樣地擁有優美和弦結構。

克卜勒接著以畢達哥拉斯式的數學語言，描述行星運動的物理「和諧性」。他發現行

星在軌道運動時，在最高和最低角速度之間有近似和諧的比例。

簡單來說，地球繞行太陽運行的公轉軌道是橢圓形，橢圓形上的每一個點和中心的距離都不一樣，例如：地球相對於太陽的角速度在近日點和遠日點之間以一個半音改變（16：15），而金星則是25：24（升音）。

在非常罕見的間隔，所有的行星將一起唱「完美和諧」。克卜勒提出，這可能發生在歷史上只有一次，也許在行星形成的時候。後來音樂家海頓把克卜勒的想像，應用在著名的神劇《創世紀》中的大合唱。

以現代科學的觀點來看，上述的關連性只能說是文學比喻，不是邏輯上的必然。但是這個歷史脈絡，卻表達出人類邁向「現代」的重要信念：

我們存在的世界、宇宙是可被理解的，看似雜亂的混沌中，隱含著「秩序」與「平衡」。

科學家用數學的語言描述及理解自然法則；音樂家則以創造曲式來表達「情感」，並加以「歸序」，兩者同時在創造上殊途同歸，同樣感受到世界的美與和諧。

這也是為什麼西方從古希臘到文藝復興時期，是依據如此理論來設計教學課程。例如中世紀歐洲大學所教授的《四藝》（Quadrivium），就是包括算術、幾何、天文、音樂等四大類，統稱為數學課程，音樂被列為數學的一環。完成了古典教育中基礎的三藝（trivium，指的是語法、修辭與邏輯）與四藝，才算是完成博雅教育（artes liberales）。

* * *

從米開朗基羅晚期到巴哈、韓德爾，世界出現的重要變化，使宇宙概念從「以地球為中心」的地心說（Geocentrism）轉移到「以太陽為中心」的日心說（Heliocentrism），哲學概念從超自然轉向自然，思維從盲目服從權威轉向科學實驗，而大一統的天主教被新教分裂，神聖羅馬帝國則被迫與其他強大民族國家分享世界統治政權。

在傳統思維抗擊新思潮的時代，人類文明在兵燹戰禍中如履薄冰，降生於流離動盪的巴洛克風格，本身就帶有讓「不可調和的對立互相依存」的雙重性格：理性主義與神祕主義；平民對君權神授的崇拜、與中產階級對個人主義的信仰；天主教國際主義與新教民族主義；宗教的正統性與自由思想等等，這些原本是對立不可調和的，但在巴洛克藝術中，都得到暫時性的妥協轉圜。

從文藝復興過渡到巴洛克藝術，凱薩琳的兒子查理九世，可說是早期的重要推手。

查理九世繼續追隨麥第奇家族的精神傳統，仿效佛羅倫斯的聖馬可學院，一五七〇年在巴黎創建「詩歌音樂學院」（Académie de Poésie et de Musique），並且從法國藝文界徵召名家大師駐院：以十四行詩縱橫詩壇的比埃爾·德·龍薩（Pierre de Ronsard）；捍衛與發揚法語純正性的尚·杜蘭（Jean Daurat）；將法語音韻與數字旋律結合，開展「香頌」（Chanson）形式的音樂家毛杜伊（Jacques Mauduit）；創作許多法文詩篇（French Psalter），並發明了名為「音樂度量」（musique mesurée）聲樂作曲系統（根據單字音節與發聲方式，給予相對應的節奏，以產生令人回味的古希臘滔滔不絕的朗讀風格）的克勞德·樂桑（Claude Le Jeune）等，紛紛響應國王的號召，投入詩歌音樂院的行列。

這群熱血愛國的法蘭西人，一如他們的文藝復興前輩，致力於改造世俗社會，只不過他們不再因循傳統教會路線（這是他們與義大利最大差異），而改以戲劇、音樂、舞蹈等表演藝術為主題，細膩地融入畢達哥拉斯主義的數祕學（Numerology）、象徵永恆與秩序的天體和弦，透過跨界合作，為傳統慶典注入新氣象。

「優美舞蹈」（la belle danse）以視覺描繪音樂，音樂則是「天體和弦」於人間的具體呈現——數字、比例、設計，可以照亮晦澀幽微的宇宙秩序，發現真理，並且彰顯

上帝的榮耀。

前衛的藝術概念，反映了嶄新的世界觀：一個規律卻充滿對立能量的動態宇宙。而這種動態、空間極度擴張的宇宙觀，正是巴洛克藝術的核心精神。

音樂在巴黎詩歌音樂學院的強勢主導下，走出羅馬教廷的束縛，想像力從形式中獲得解放，充滿情緒色彩的大小調取代傳統的教會調式，讓音樂發展更加自由，也更具感染力。

畫家們則嘗試將視線延伸到畫面之外，試圖透過明暗對比的大膽運用，和嚴謹的透視效果，表達「無限」的抽象概念。空氣透視與光的戲劇性處理，也都是對當代物理與數學的直覺表達。

打造集權中央、太平盛世的凡爾賽宮，堂而皇之地表露出巴洛克式的政治理想：優雅、規律、精確、偏執，所有的行星以太陽為中心運行，這正是「太陽王」路易十四規劃凡爾賽的潛台詞。從宮廷花園與中央大道的空間布局，利用無限延長的景深，將視線投向地平線，讓我們聯想到界限之外的空間，一如天文望遠鏡的改良與普及，不斷地將人類視線向宇宙深處延伸。

從芭蕾舞到宇宙起源，巴洛克風格，正是理性與感性高唱和諧美妙的天體音樂，在創造與破壞中攜手並進，如同美國詩人愛默生詩中所說：

新生的青春，如黃道十二星座般，勇敢無畏地邁步向前。

惠更斯是科學啟蒙的先知詩人、
勇敢無畏且大膽慧黠的星際探險家。
仰望星空，我總會想起
在他故居中看到的一段話：
「每當我想到，
這些天體是如此遙遠，
數目是如此龐大，
心中難以言喻的驚奇與感動，
就隨著每顆點亮的星辰而增加。」

我們的世界，發現另一個世界

星空下的夢想家·惠更斯

© D. van Re

人，全都是為「發現」而航行的探尋者。

——— 愛默生（Ralph Waldo Emerson，1803-1882）

我走在霑衿欲濕的細雨中，感受來自北海的寒涼。水氣氤氳的荷蘭大城海牙，頗有江南煙水的迤邐氣韻，舊城古老的石板幽徑，內庭沉靜的瀲灩水光，交織成令旅人一見傾心的印象之美。

「不同於其他城鎮優美的運河與橋樑，這裡更多的，是屬於皇室的華貴雍容，」著名的日記作家塞繆爾・皮普斯（Samuel Pepys）在一六六〇年五月走訪海牙時寫下他的看法：「空氣清新的程度令人心碎，任誰都會流連忘返。」

三百多年後，我在海牙所看見的景致，和皮普斯的描述相去不遠，舊城區大致上仍維持著十七世紀的規模。

比起荷蘭其他城鎮，寥寥無幾的運河，讓海牙在城市性格上，對土地擁有更強烈的依附眷戀。舊城內大多數運河都在十九世紀乾涸，取而代之的，是一條又一條筆直寬敞的街道。海牙的舊城建築，也比阿姆斯特丹、萊登甚至比台夫特都來得低矮，這裡的老房子很少超過三層樓高，這也使得人走在海牙舊城內，能更強烈地感受天光的清爽明亮。

海牙舊城中心，是一系列環繞著「庭池」（Hofvijver），被稱為「內庭」（Binnenhof）的古建築群，它們巧妙地融合古典風格的嚴謹格局、文藝復興式的和諧安適與清教徒

式的自律克制。荷蘭過往七百年的風霜，盡凝聚在這一平方公里的土地中。

＊　＊　＊

從海牙舊城區的兩棟建築，特別能看出荷蘭在十七世紀的歷史原貌。

一棟是庭池畔的「莫里斯住宅」（Mauritshuis），這座被藝術史家認定是荷蘭古典主義濫觴的雅致建築，今天是著名的皇家美術館（Royal Picture Gallery Mauritshuis），收藏了林布蘭的《尼古拉斯・杜爾博士的解剖學課》、哈爾斯的《大笑的男孩》，還有詼諧風趣的楊・斯特恩（Jan Steen）、寫實誠懇的保盧斯・波特（Paulus Potter）……。

其中，我特別喜愛維梅爾的兩幅作品：一幅是被稱為「低地國的蒙娜麗莎」的《戴珍珠耳環的少女》，另一幅則是維梅爾數量極少的風景寫生《台夫特一景》。

大多數遊客都是衝著《戴珍珠耳環的少女》響亮名聲而來，但我個人更愛恢宏大氣的《台夫特一景》。在這幅難得的如詩風景中，畫家以開闊格局將台夫特納入畫面，大膽地把主題景觀——荷屬東印度公司的倉庫與辦公樓，置入晦暗的陰影中，讓城市在雲影水光之間，搖曳出明亮、神祕的異樣手采。

畫家所描繪的荷屬東印度公司台夫特會所與舊倉庫，歷經幾番破壞改建，如今的建築本體，已經和維梅爾在一六六一年看到的景觀非常不一樣。

今天，建築群分屬於國家信託與私人物業，除了定期藝文特展外，主要陳列台夫特的歷史、民俗文物。不過在四百年前，這棟大樓，曾經是歐亞國際交易網絡的經貿中心。

* * *

中世紀阿西西的聖方濟（Francesco d'Assisi）說過：人類大多是「不安於室的行動者」。為了掙脫貧困、探索未知，或是為了功成名就，追尋更崇高的使命，我們離開家，走入世界，開始披荊斬棘的冒險事業。

十五到十七世紀，正是人類透過冒險事業扭轉歷史的重大轉捩期。西方的文明重心，從地中海移轉向大西洋，航海家、投機者、傳教士，分別以大膽無畏的犯難，拓展了人類感知世界的疆界。這些海外冒險的成就，可說是毀譽參半，但的確為「全球化」開啟嶄新篇章，加深個人與世界的理性連結。

在這個動盪不安的大發現時期，北方新興的荷蘭共和國，可說是十七世紀時代精神的具體象徵。

當時荷蘭才脫離西班牙帝國統治，宣布獨立，對於一個面積才四萬平方公里的蕞爾小國，唯有依靠靈活機智、具有和平主義色彩的外交政策，與兼容並蓄、理性有序的開放社會，才可能存活下來。政府與民間合資的荷屬東印度公司（Vereenigde Oostindische Compagnie，VOC）、前衛激進的藝術風格，與科學至上的知識啟蒙，共同開創了荷蘭黃金時代。

林布蘭及維梅爾筆下的荷屬東印度公司，描繪了隱匿在富貴榮華背後的幽微人性。不過，歷史上的荷屬東印度公司，以嚴密的公司組織、大膽的展業計畫，與剝削寡占的商業模式聞名於世。

短短數十年間，荷蘭船隊的航點就遍及全球。南美洲智利火地群島南端的合恩角（Kaap Hoorn）、南太平洋的塔斯馬尼亞島（Tasmania）、北冰洋的巴倫支海（Barents Sea），均是以荷蘭文或荷蘭探險家來命名。

現代英語中的 Bamboo（竹子）、Batik（蠟染）、Cashier（收銀）、Cookie（餅乾）、Cruise（航行）、Dam（水壩）、Deck（甲板）、Gas（瓦斯）、Measles（麻疹）、Pump（幫浦）、School（學校）、Slim（苗條的）、Trigger（扳機）、Yacht（遊艇）……也源自於荷蘭語。

惠更斯碑文。

我們仍可以在這些字詞中，發現遠洋冒險的歲月痕跡。

荷屬東印度公司是世界第一個大型股份有限公司，它的字首組合的花押文字，是商業史上第一枚跨國商標。台灣故宮南院所展示的日本九州瓷器有田燒、南非開普敦的好望堡（Castle of Good Hope）、印尼雅加達當地小市集仍祕密流通的古老銀幣，都可以發現VOC的商標字樣。

十七世紀人們對財富與知識的狂熱追求，引導他們航過「東西海洋間未知的水道」，讓荷蘭東印度公司成為家喻戶曉的跨國企業。即使這家老字號早在一七九九年十二月三十一日停業，但在低地國人民心中，「VOC」字樣仍然可以喚醒那份不曾遺忘的歷史驕傲。

* * *

另一棟海牙舊城的代表性建築，是位於內庭西南側，步程約十分鐘，擁有九十三公尺高塔的聖雅各大教堂（Grote of Sint-Jacobskerk），從十五世紀末完工以來，一直是海牙最顯目的精神地標之一。

我在偌大的教堂中廊徘徊尋覓，終於在僻靜的角落找到這塊碑文，上面記

惠更斯父子雕塑。

載著一位博學之士畢生追求真相與真理的人生。和他同時代的科學家說：

> 他的科學成就……形成一道清晰明亮的光，照亮了黑暗與蒙昧。理性的光，穿透被層層蒙蔽的虛假，帶領我們看見真實的宇宙，及宇宙的真實。

碑文所紀念的稀世天才克里斯蒂安·惠更斯（Christiaan Huygens），是我心目中荷蘭黃金時代最具代表性的人物。

* * *

一六二九年四月十四日，克里斯蒂安·惠更斯出生於海牙，父親康斯坦丁·惠更斯是著名的詩人、外交家，同時也是荷屬東印度公司的大股東。

身兼商界與政界名人的康斯坦丁，交遊廣闊，義大利天文學家伽利略（Galileo Galilei）、法國神祕的數學家及樂理家馬蘭·

J. GUILLAUME S.

Jupiter
Saturne
Uranus
Neptune

梅森（Marin Mersenne），思想家笛卡兒，都是惠更斯家族的座上賓客。

康斯坦丁對於小惠更斯的教育，採取自由開放的學習模式。他認為如果孩子從小就和天才往來，必定會帶來深遠的影響，因此，小惠更斯在家自學語文、音樂、數學、歷史、地理、邏輯和修辭，同時他也擅長跳舞、擊劍和騎馬。自修課餘之際，惠更斯也製作機械模型，從風車磨坊到自動時鐘，我們可以發現這位少年天才對笛卡兒唯物、機械性的宇宙觀，展現出高度理解與興趣。

拿破崙曾說過：「想要了解一個人，就得了解那個人在二十歲時所處的世界。」惠更斯這一代人二十歲時，剛落幕的宗教戰爭在歐陸各地留下難以磨滅的傷痕，許多國家陷入分裂、內戰，英文「屠殺」（Massacre）一詞就是因應當年的血腥殘酷而創造出來。

政經文化的主導權也由地中海歐洲移向大西洋歐洲，西班牙人、法蘭西人、法蘭德斯人、英格蘭人，都積極投入新世界開發。

二十歲時惠更斯所面臨的世界，正是如此激越昂揚。他除了潛心研讀法學、物理與數學外，最讓他感興趣的，是當年流行於知識份子之間的新發明——顯微鏡與望遠鏡。

現代顯微鏡是荷蘭貿易商兼光學家安東尼・范・雷文霍克（Antonie van

Leeuwenhoek）的改良發明，原始物件是東印度公司用來檢查紡織品質的放大鏡。

雷文霍克調整放大鏡後，放大倍率從五倍急升至兩百倍，他做的第一件事，就是觀察再普通不過的水滴。他意外發現：

這些肉眼看不見，活力十足的小東西（animalculus，後來我們稱作「微生物」），既古怪又可愛……讓看似空無一物的水塘有全新意義。

雷文霍克與惠更斯是舊識，同時也是維梅爾遺囑的執行者（你看世界有多小）。惠更斯對於鏡片打磨很有一套，透過他的妙手，兩人成功打造出近四百具形式各異的顯微鏡，更透過新發明看見了前人難以想像的世界。

雷文霍克與惠更斯是第一批看見紅血球、肌肉纖維及精蟲的科學家，他們透過觀察，推演歸納出「肉品腐敗、麥汁發酵成啤酒與微生物有關」，「生命的發生，極可能是精蟲與卵子的結合」等實證性極強的結論。不過，對於十七世紀的人來說，這理論還是太激進了。回想一下，微生物理論得到廣泛的接受，不過是一百多年前的事。

* * *

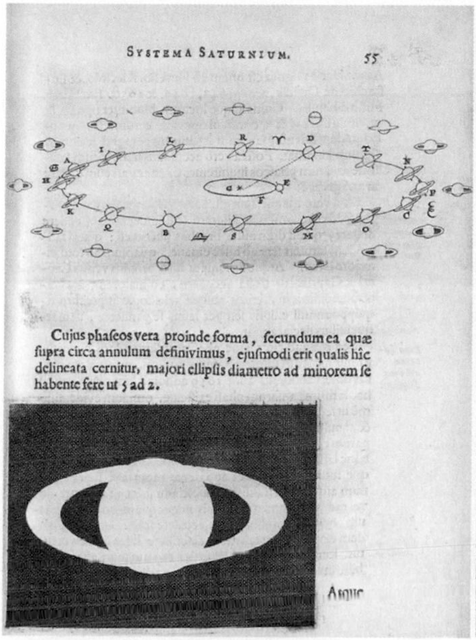
SYSTEMA SATURNIUM. 55

Cujus phaseos vera proinde forma, secundum ea quæ supra circa annulum definivimus, ejusmodi erit qualis hîc delineata cernitur, majori ellipsis diametro ad minorem se habente fere ut 5 ad 2.

Atque

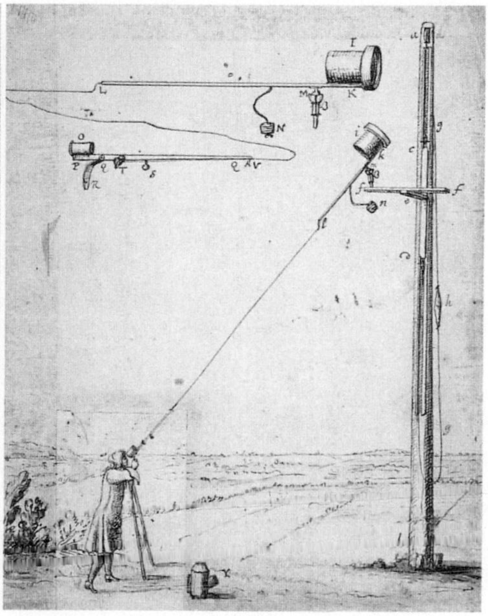

相對於雷文霍克的顯微鏡，惠更斯對望遠鏡也不陌生。或許經常拜訪惠更斯家族的伽利略，曾與他分享凹凸不平的月球表面、金星的盈虧、如何發現木星最大的四個衛星、土星的耳朵如何出現又消失，與觀測分析太陽黑子的點點滴滴。透過伽利略的望遠鏡，少年惠更斯對星空投以浪漫好奇的凝望。

惠更斯相信天外世界和顯微鏡下的水滴一樣，隱藏著許多前人未見的祕密，因此，他開始鑽研天文望遠鏡的設計與鏡片打磨的精密技術。

一六五五年，惠更斯製作出一具口徑五十七毫米，焦距長三．三公尺，倍率五十的望遠鏡。透過它，惠更斯發現土星最大的衛星泰坦（Titan），同時也詳實記錄，解決了伽利略對土星忽隱忽現「耳朵」的疑慮，他是第一位辨認出土星有環狀系統的科學家。

惠更斯追隨伽利略、第谷、克卜勒的腳步，擴大並

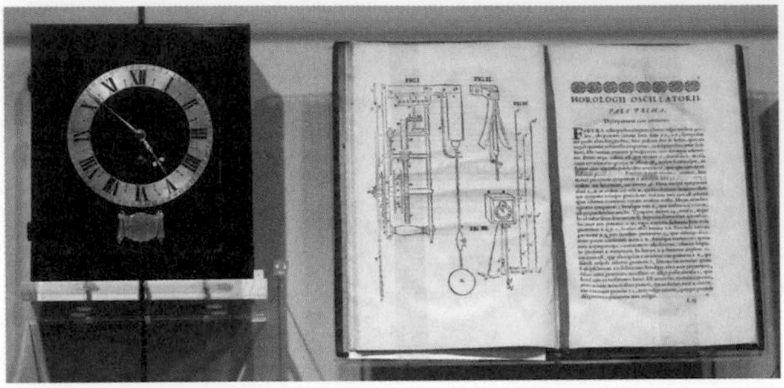

深化他們的天文成就。他的觀測紀錄，如同東印度公司的航海日誌一樣，每天都有令人振奮的新發現。

惠更斯從細緻起伏的紋理，推斷出金星表面被雲層密實覆蓋著；他是第一位描繪火星地表特徵的天文學家；惠更斯也是繼古希臘天文學者埃拉托斯特尼（Eratosthenes）後，測量計算地外行星尺寸的第一人，他將觀察計算結果製成蝕刻版畫發行，將太陽與七大行星按比例繪製，日後成為我們理解太陽系的最佳範例。

惠更斯進一步將視線延伸千百光年外，發現並畫下了獵戶座大星雲。雖然早在一六一〇年，法國律師尼古拉斯（Nicholas-Claude Fabri de Peiresc）就已經發現這個星雲的存在，但他的研究結果並不為外人所知。

同時，惠更斯也認為占星學是江湖術士的胡編濫造。

為了追求更高的倍率及解析度，惠更斯與哥哥康斯坦丁（和父親同名）合作發明出沒有筒身的航空望遠鏡，解決天文望遠鏡口徑加大、焦距倍增的技術難題。

惠更斯（右）發明擺鐘，並向路易十四展示。

這些劃時代的偉大功績，惠更斯幾乎都在二十多歲時完成，但他的成就可不止這些，在舊城鄰近的惠更斯故居博物館內，你可以從他的工作筆記中發現更多有趣的事實。

惠更斯研究「光」，理解它的傳導與性質，創立了光的波動理論；他也研究擲骰子及扔硬幣，寫下了探討隨機性與不確定性的機率論（Probability theory）；從觀測行星的運動中思考，他完成了對離心力與複雜曲線的精密計算。

惠更斯認為「空氣有彈性，可以被壓縮釋放」，在科學前提下，他設計新式空氣幫浦，讓礦業進展向前邁一大步；同時也發現火藥爆炸時，迅速膨脹的空氣具有巨大能量，進而發明了「火藥引擎」，日後直接影響瓦特蒸氣機的製造原型。惠更斯將他對光線與透鏡性質的知識，投注在「魔法燈箱」（laterna magica）的改良，成為現代幻燈片或數位投影機的先驅。

＊　＊　＊

不過，我認為惠更斯最偉大貢獻之一，是「製造」了現代世界的時間。

在大航海時代，繁密的遠洋船隻能不能安然抵達目的地，全靠精確的定向定位技術，因此引發了對精確時間的迫切需求。

指南針的使用解決了方向問題，透過恆星的位置，也可以決定定位所需的緯度。例如說，只要你站在北回歸線上觀看北極星，無論人在台灣、墨西哥、西撒哈拉、利比亞、沙烏地阿拉伯或孟加拉，從地面向上的仰角均為二十三度二十六至三十分左右，南半球則透過南十字座來確認緯度，從北緯二十度到南緯九十度都可以看到它的蹤影。

然而，計算定位中不可或缺的「經度」，卻必須仰賴精準時間算出時差，才能校正確認。惠更斯根據伽利略的擺盪理論，發明了規律走動的擺鐘，輔助計算船艦的海上位置，雖然東印度公司的紀錄顯示，航行的顛簸會影響鐘擺的規律穩定，但是，這項發明，卻為逐漸失速的現代世界，制定普世共同的時間標準。

惠更斯和達文西一樣，對世界無比好奇，兩人在筆記本上都留下無數天馬行空但具體而微的奇想，不同的是，達文西像是飄浮在現實之上的幻想家，而惠更斯不僅大膽想像，更在科學基礎上勇於創造、革新。

＊　＊　＊

與惠更斯同時代的天文學家，大多能接受哥白尼「地球是繞著太陽轉」的「日心論」說法。

中世紀神學家普遍相信：上帝創造天地之後，將日月星辰放在固定軌道上，以玻璃同心圓的方式將地球層層包圍。所以宇宙不可能無限大，當然也不會有無限多星球。

第一個提出「日心論」的人，應該是義大利天文學家喬達諾．布魯諾（Giordano Bruno）。但是哥白尼進一步主張，宇宙中除了我們所生存的太陽系以外，「還有千千萬萬顆數不清的太陽，而在它們身旁，也有和我們地球一樣相同的行星。」

哥白尼暗示，在無垠太空中有無數個太陽系，或許有顆類似地球環境的行星，上面也許還有生命。這個想法，對於保守派來說實在是太前衛、太激進、太可怕了。如果有

來自另一個星球的智慧生命，那它們信奉上帝嗎？

惠更斯欣然接受哥白尼的觀點，當然也思索宇宙有無限多的行星及生命的可能：

> 我們生活在這個遼闊、壯麗的宇宙……如此多的太陽，如此多的月亮……每個行星都有層巒疊翠的青山與浩瀚洶湧的海洋……熙來攘往的船隻，上面堆滿了來自異地的動物、香料與礦石……如果我們真的相信那些行星上什麼都沒有，只剩下寒冰與荒漠……難道上帝會創造出一個無法孕育生命、擁抱恩典的所在嗎？如果我們將其他生命的美好與尊嚴貶低於地球之下，是不是我們也就懷疑造物主的旨意……

一六九五年，惠更斯完成劃時代的《宇宙理論》（Cosmotheoros），鉅細靡遺地想像摹繪外星生命（Extraterrestrial life）的存在。

他主張，如果有外星生命，「它們的樣子應該不會長得太古怪，雖然身體上許多部分跟我們不一樣……但它們應該也有五官四肢……或許也有自己的文明，以自己發展的科技導航，航行在自己的海洋……雖然它們可能有四個月亮。」

惠更斯生活在對「演化論」一無所知的時代，他對外星生命的想像，完全是十七世紀的東印度公司風格。

每艘返航的遠洋船艦，總是帶回外國風土的奇聞軼事：長得像狗的猴子、會燃燒的黑水、發出惡臭的花、長在樹上的羊……，這些新奇有趣的見聞，滿足了人們喜歡聽故事的渴望。

「我們的世界剛找到另一個世界，」法國散文家蒙田在日記上寫著，「而誰敢拍胸脯保證，這是我們世界最後一個兄弟呢？」海外探險的豐碩成果，讓舊世界又驚又怕，那些從未聽聞過福音、不知道耶穌基督存在的偏遠王國與野蠻民族，動搖了歐洲人對世界所有的推斷認知。

遠洋航行、顯微鏡與天文望遠鏡，都將人類視野延伸到前人未達的所在，發現我們不曾見過的世界。「天外有天」（plus ultra）——「世界之外還有世界」，這正是文藝復興以後，人類所面臨最劇烈、影響最深遠的心靈革命。

惠更斯在新時代前端，以扎實詳細的觀測資料，

上圖星球為惠更斯發現的泰坦衛星

加上旅行者的書寫觀點，寫下深具啟發性的《宇宙理論》。他兼具宏觀與微觀的文字，翱翔漫遊於無垠的星空之中，為人類想像力鬆綁。可惜的是，在完成書稿後幾個月，惠更斯就因病與世長辭，一直到三年後，一六九八年，這本擲地有聲的異境之書，才在西歐與俄羅斯等地付梓發行。

接下來四百年間，不同世代的人們對外星生物的揣臆，全都承自於惠更斯的《宇宙理論》。

對我來說，惠更斯是光的魔術師、科學啟蒙的先知詩人、勇敢無畏且大膽慧黠的星際探險家。仰望星空，我總會想起在惠更斯故居中看到的一段話：

每當我想到，這些天體是如此遙遠，數目是如此龐大，心中難以言喻的驚奇與感動，就隨著每顆點亮的星辰而增加。

現代科學解釋了

這些在太虛飄零的隕石從何而來，

但是，我特別喜歡卡爾．薩根的浪漫敍述：

「這些巨大恆星的生命來到盡頭時，

它以闢地開天之力道，

綻放出一萬顆太陽的光芒，

為無垠的黑暗點燃最明亮的燈火……

經過百萬年的流浪後，

終於，來到你我面前。」

來自外太空的訪客

星空下的流浪者・隕石

即使在沙漠裡，我也看見了上帝，
而且看見祂之後，
我依然活著。
——《舊約・創世紀》第十六章第十二節

沙漠中每個生命，都殷切期待著信風的來臨。

遲遲未降的雨水，似乎扼殺了所有歡欣的可能，漫天肆虐的沙塵，讓這片荒蕪顯得更加殘酷無情。空氣像是熔化、黏滯的玻璃，密密裹覆著大地，生命在乾涸中窒息。路邊奄奄一息的刺槐，只剩下幾葉枯黃，在風中苟延。

咫尺之外的乾土，像是剛經歷一場慘烈的砲戰般，散布著深淺不一的坑洞。嚮導告訴我：「那是野獸的痕跡。」為了尋找食物，牠們用利齒蹄爪，將地下可能藏有根莖的所在挖遍刨盡，留下數不清的洞穴及壕溝。目睹這片無邊無際的瘡痍狼籍，讓我有在火星表面行走的錯覺。

離開文明後的第六天，旅程出乎意料地艱辛。

愈往西行，愈能感受這片荒漠的偉大，也愈容易受到它的影響。

內心深層的惴慄難耐，盤桓不去的恐懼、莫以名之的退縮，正一點一滴地消磨人的意志。雖然我帶的水及食物還算夠用，但在乾季的尾聲，當地人賴以為生的汲井也隨之枯竭，大部分的時候，我們也要和動物共飲那些氣味強烈的混濁水窪。

生命在這裡，顯得既莊嚴又卑微。

這片在刺眼白光下熾灼的荒野，約莫覆蓋了非洲南部波札那（Botswana）的中南部、世界最大的內陸三角洲奧卡萬戈三角洲（Okavango Delta）及馬卡迪卡迪鹽沼（Makgadikgadi Pan）的南面，她的西北與納米比亞接壤，也包括了南非共和國北開普省喀拉哈里盆地大部分地區。地理學者認定，這裡是地球上最荒涼、最遙遠的區域之一。

十九世紀的英國人稱這片荒漠為「大旱地」（The Great Thirstland），當地的札納語則稱之為「無水之地」（Kgalagadi）。今天，在地圖上，這片九十三萬平方公里的沙漠被稱為「喀拉哈里」（Kalahari），意思也是「不下雨的地方」。

我拜訪喀拉哈里之前，就聽說「她」完全不下雨。這個說法，其實並不正確。

每天下午，日光逐漸西斜，你就有機會看見驚人的雷雨積雲，迅速在遠方堆聚、擴張。積雲的碩大陰影，能為我們遮攔片刻的炙痛，帶來些許清涼的慰藉。不久後，烏雲密布的遠方，無聲的閃光在黑暗底層出現，看見這番景象，我心裡總是想著「就要下雨了吧！就要下雨了吧！」

就當我欣喜祈盼雨水的同時，我彷彿看見，降下的雨滴在空氣中，被地表竄騰的熱氣蒸散。大地在暴雨傾瀉的瞬間，決定不向天空屈膝卑躬。一如千百年來上演的劇碼，雨，始終不曾下來，取而代之的是呼嘯的狂風，一路向天際襲捲而去。

不久後，雲層散開了，地平線火紅的落日緩緩下沉。我們在亞熱帶習以為常的陣雨，在喀拉哈里沙漠，化為讓人大悲大喜的幻象。

如此反覆循環，週而復始，好像從天地初開以來，一直到世界末日，都不會有任何改變。大自然不再只是科學式的論述，日月星辰風雨雷電，全都成了帶著形而上含義的存在。

＊　＊　＊

生活在這片土地上的原始住民，自稱為桑人，不過我們更常聽見外地人稱他們為「布須曼人」，意思是「生活在矮叢裡的人」。根據現代遺傳科學的研究，他們可能是世界現存最古老的民族之一，布須曼人是現代智人與遠古先祖的連結。

我在這裡的目的，是和來自倫敦的研究團隊，共同拜訪居住在喀拉哈里沙漠中心、碩果僅存的布須曼部落。透過了解他們的信仰、神話，以及流傳在喀拉哈里的古老過往，

一窺人類對大自然崇拜的源起。

踩著布須曼人的腳步，以新石器時代的方式採集、潛行、追蹤、狩獵，我強烈地感受到人類與大地緊密依存的細膩。自然並不屬於人類所有，人類卻是自然的一部分。傳承自荒野的生存智慧，與其說是滿足，他們似乎更在乎天地萬物間的平衡，即使是不勞而獲的獵物，布須曼獵人也只取夠部落食用的部分，其餘的，就留給在這片不毛上的禿鷹、獅群與螻蟻。

不過大多數時候，我都是向獵人們請教打磨石器的方式，聽他們聊父親與「爸爸的爸爸」的故事（布須曼人只要超過四代之後，對祖先的稱謂就只剩下這樣）。年代再久遠一點的歲月痕跡，我只能從他們手邊所剩不多的小東西及小故事，捕捉「風中的話語」。

其中一件，最讓我感興趣的，是兩支黝黑發亮的金屬箭鏃及一小塊金屬刀片。未經打磨的稜角，自然損耗的不規則鋒面，從外形可知，這些暗色金屬並不是文明產物。也就是說，它們不是透過採礦、運送、熔冶、製造、銷售等管道流通。這三樣金屬物件是渾然天成的。

不僅在喀拉哈里的荒野，我也在其他地方看過相同或類似的物件，在蒙古阿爾泰山東側游牧的人們、北美阿拉斯加安卡拉治的博物館內、東京國立博物館的史前收藏，甚至是南極嚴峻苦寒的羅斯冰棚上，都可發現它們的蹤影。

欽欽，部落裡最資深的狩獵者告訴我，這些黑色石頭是「爸爸的爸爸」在荒野流浪時發現的。我將這些金屬握在手心中，感受它們的光滑冰涼。我知道，它們不是來自地底，而是遙遠的宇宙深處。

＊　＊　＊

二〇一三年二月十五日星期五中午，我在馬達加斯加的小咖啡館裡，觀看收訊極差的BBC國際新聞，一則災難新聞吸引住我的目光。

畫面是一顆飛越烏拉爾山區天際的巨大火球，在俄羅斯國境上方飛行了數千公里，最後主體墜落在俄羅斯與哈薩克邊境，車里亞賓斯克（Chelyabinsk）郊外結冰的切巴爾庫爾湖中。

事後，《莫斯科真理報》指出，在火球墜落過程中，有近一千五百人因強大衝擊波震飛的碎玻璃而受傷，更有七千多棟建築物遭受爆炸破壞。事發當下，有人以為是第三

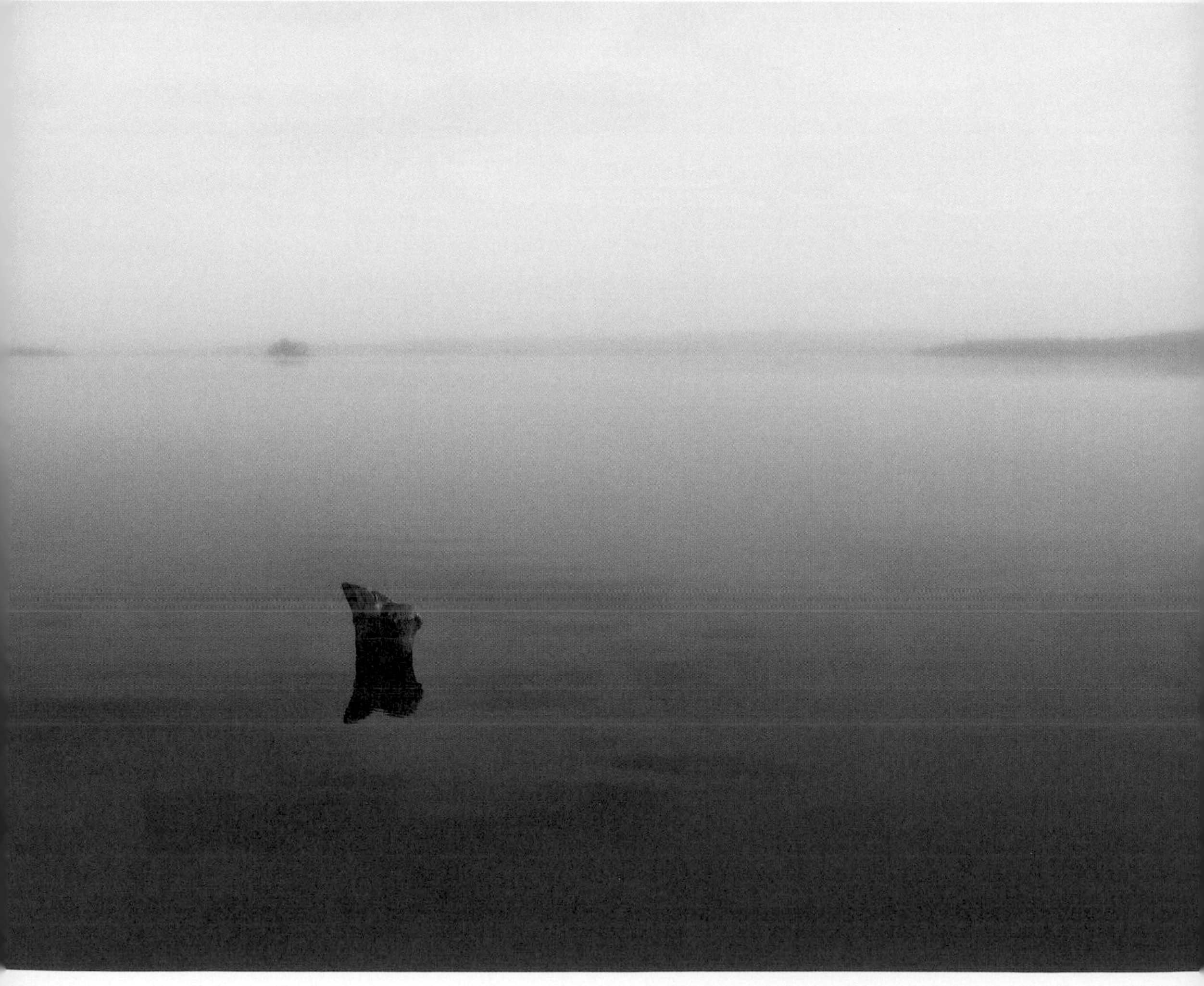

車里亞賓斯克隕石

次世界大戰開打、核電廠發生事故，或是北韓金正恩又試射新武器。所幸，最後傳出來的消息是無人死亡，俄羅斯總統普丁甚至為這件事，在電視上公開感謝上帝。

實際上，這是顆直徑約十七至二十公尺、重達七千七百至一萬噸的近地星體（near-Earth object, NEO），以每小時六萬九千公里的速度衝入大氣層，然後在距離地表約三十公里的高空爆炸，造成強烈衝擊波與閃光，同時裂解成千百碎片散落在烏拉爾山區。直到現在，我們仍可以在 e-Bay 上買到「車里亞賓斯克隕石」（Chelyabinsk meteor）的隕鐵碎片。

如果二〇一三年發生在俄羅斯的意外不算嚴重，那麼回顧歷史，有些故事就真的是駭人聽聞。

西元一六二六年五月三十日，就在大明王朝天啟六年的端午節隔天，發生了一場驚天動地的大災難。根據正史記載，早上九點鐘左右，原本一碧如洗的青空突然吼聲大作，見飆光一道「從東北方漸至京城西南角，灰氣湧起，屋宇動盪，」就在一瞬間，「大震一聲，天崩地塌，昏黑如夜，萬室平沉（許多房子都倒塌了），」京城內事故現場「長三四里，周圍十三里，盡為齏粉（化成灰燼）。屋數萬間，人二萬餘，王恭廠一帶糜爛尤甚。僵屍重疊，穢氣熏天；瓦礫盈空而下，無從辨別街道門戶。」

這件發生在北京城的空前巨災，即使是百里外的山西、河北、天津都能感受到巨大震動。在記載中，京城中所有的人都受傷，看得到的屋子都震裂了，受到驚嚇的人們在大街上哭嚎狂奔，動物園的象房倒了，失心瘋的象群在大街上橫衝直撞……遠方出現一朵像是黑色靈芝的雲，拔地衝天，好久之後才散去。

爆炸發生的同時，產生巨大風壓，將人畜、樹木、磚石颳向天空，不知去向。「兩萬多居民非死即傷，斷臂者、折足者、破頭者無數，屍骸遍地，穢氣熏天，一片狼籍，慘不忍睹」，石駙馬大街上有一隻五千斤重的大石獅，竟被拋到兩公里遠的順成門外，參天古木甚至被吹到一百公里遠的密雲縣。

不久之後，「木、石、人復自天雨而下，屋以千數，人以百數」。在爆炸中，「所傷男婦俱赤體，寸絲不掛，不知何故，死者皆裸」。更可怕的在後頭，被拋上天空的男女與動物，以各式各樣慘不忍睹的狀態掉下來，這場恐怖的「雨」，密密地下了兩個小時。

喀拉哈里沙漠附近的霍巴隕鐵。

這場離奇詭異的事件，史稱為「王恭廠大爆炸」或「天啟大爆炸」。

災難發生時，二十一歲的年輕皇帝朱由校，正在乾清宮吃早餐，一時間地動天搖，皇帝也顧不得什麼九五之尊的威嚴，拔腿就跑，速度快到近侍、太監來不及護駕就遇難了。當時正在大殿上方修葺的工匠「震而下墮者二千人，俱成肉袋」，襁褓中的太子朱慈炅，當日受驚而亡。

後世有許多關於「王恭廠大爆炸」的推測：有人說，是地震與龍捲風同時發生；也有人說，是王恭廠軍火庫意外爆炸；更有人說，是外星人入侵。

「王恭廠事件」爆炸威力之大，撼天動地的幅員之廣，其實不是什麼火藥庫出事或地震所能解釋。二十世紀的物理學家根據案發範圍、事件描述，估算這場爆炸的威力相當於廣島原爆，而且爆炸中心「不焚寸木，無焚燒之跡」。後世天文學家與歷史學者相信，極有可能，是一顆近地小行星或是慧星，在北京城上空不遠處爆炸後產生巨大衝擊波，造成慘絕人寰的傷亡。

彗星撞地球的故事固然聳動嚇人，還好，這樣的意外不常發生。

＊　＊　＊

被我握在手中的黑色箭鏃，或許也有類似的來歷過往，只是，它發生在很久很久以前。

距離喀拉哈里沙漠約九百公里的納米比亞小城赫魯特方丹（Grootfontein），近郊一座名為「西霍巴」的農場內，擁有一顆單體重達六十噸，金屬純度相當高的無紋隕鐵（Ataxite）。這顆被命名為「霍巴隕鐵」的暗沉金屬，不僅是人類目前在地球上所發現的最大隕鐵，同時也是我們所知最大的自然鐵塊。

大概在八萬年前，霍巴隕鐵也和車里亞賓斯克隕石一樣，受到引力牽引而墜入地球。不同的地方是，霍巴隕鐵是以打水漂的方式，在大氣層上方跳躍後掉落地表，其中一些碎片就散落在喀拉哈里與納米比沙漠之中。布須曼獵人欽欽所擁有的，極可能就是當時遺落在荒野的星屑。

從考古學來探討鐵器的使用，向來都是不錯的主題。遠古時期的人們不太可能行走到

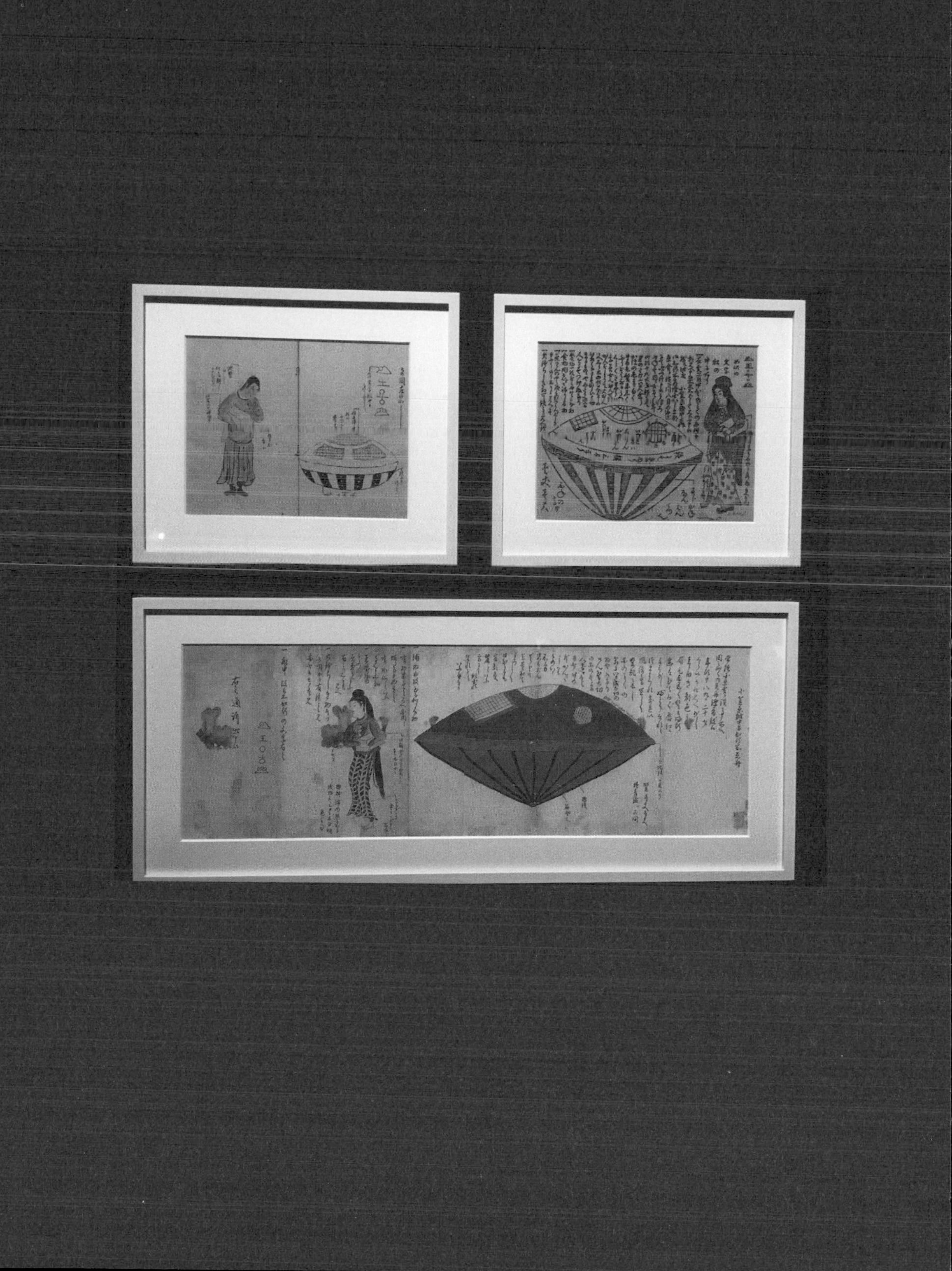

某處，突然感受到來自地底下的強大磁場，然後決定向下挖掘紅褐色的鐵礦石；也不太可能拿到鐵礦原石後，就知道要用高溫融鑄，用碳直接還原成熟鐵。根據合理的推測，最有可能的，就是游牧採集的先民們，在荒野中發現，並且拾起某塊顏色、光澤、質地、重量都很不一樣的黑色石頭，又意外地發現它們堅韌耐磨，和常見的岩塊明顯不同。

在原始部落中，隕鐵是權力傳承的象徵，族長手上拿的隕鐵斧頭、匕首或箭鏃，很可能是方圓百里內唯一的金屬器具。

當然，也有些人發現，這些黑色石頭是從天而降。

記載日本上古神話的《古事紀》，就曾出現一位「乘著天磐船降臨人間，並且教導地上的人民如何使用鐵器」的「饒速日命」，這位被日本神道奉祀為飛行、農業與鍛鑄的守護神，也叫作「天火明命」。當地人相信，神明乘坐著天火石船來到我們的世界，並告訴先祖「鐵」的好處。

這則神話本身就帶有後設解構的趣味，你可以輕易地將俄羅斯、喀拉哈里與日本的故事串聯起來。

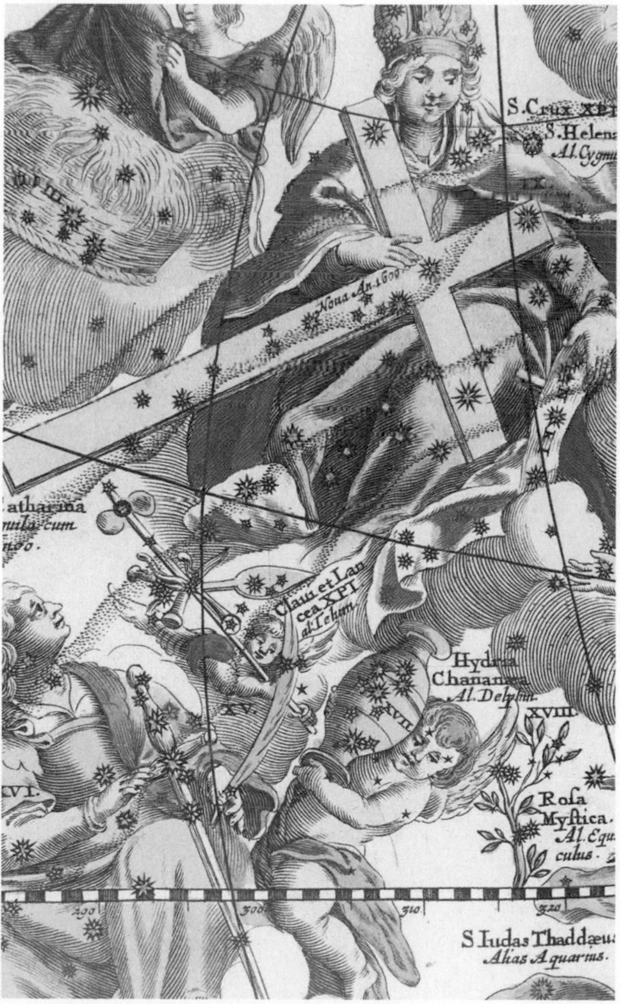
S.Crux XPI
S.Helena
Al.Cygnus
Nova An.1600
Clavi et Lancea XPI
al.Telum.
Hydra Chananæa
Al.Delphin.
XVIII
XV.
XVI.
Rosa Mystica.
Al.Equulus.
S Iudas Thaddæus
Alias Aquarius.

今天日本各地可見的磐石神社、磐船神社與飛行神社所在地，遠古時期多半曾經有天火墜落的傳說。在北美消失的克洛維斯文明中，也可以發現相同的物件與故事。

* * *

隕石突如其來的現身與破壞，著實讓古人頭疼不已。如果天堂是完美的，那為什麼會突然掉下來一塊石頭呢？古希臘的亞里斯多德苦思許久後，在他的《論天》（De Caelo）中寫道：

隕石，是地表的水氣蒸發後在空中凝結而成，然後受風的影響而飄搖墜落。

亞里斯多德的說法，深深影響後世人對宇宙與自然現象的描述，一直到十八世紀末，仍有許多學者不相信石頭會從天而降。

當然，現代科學解釋了這些在太虛飄零的隕石從何而來，但是，我特別喜歡卡爾·薩根對它們的浪漫敘述：

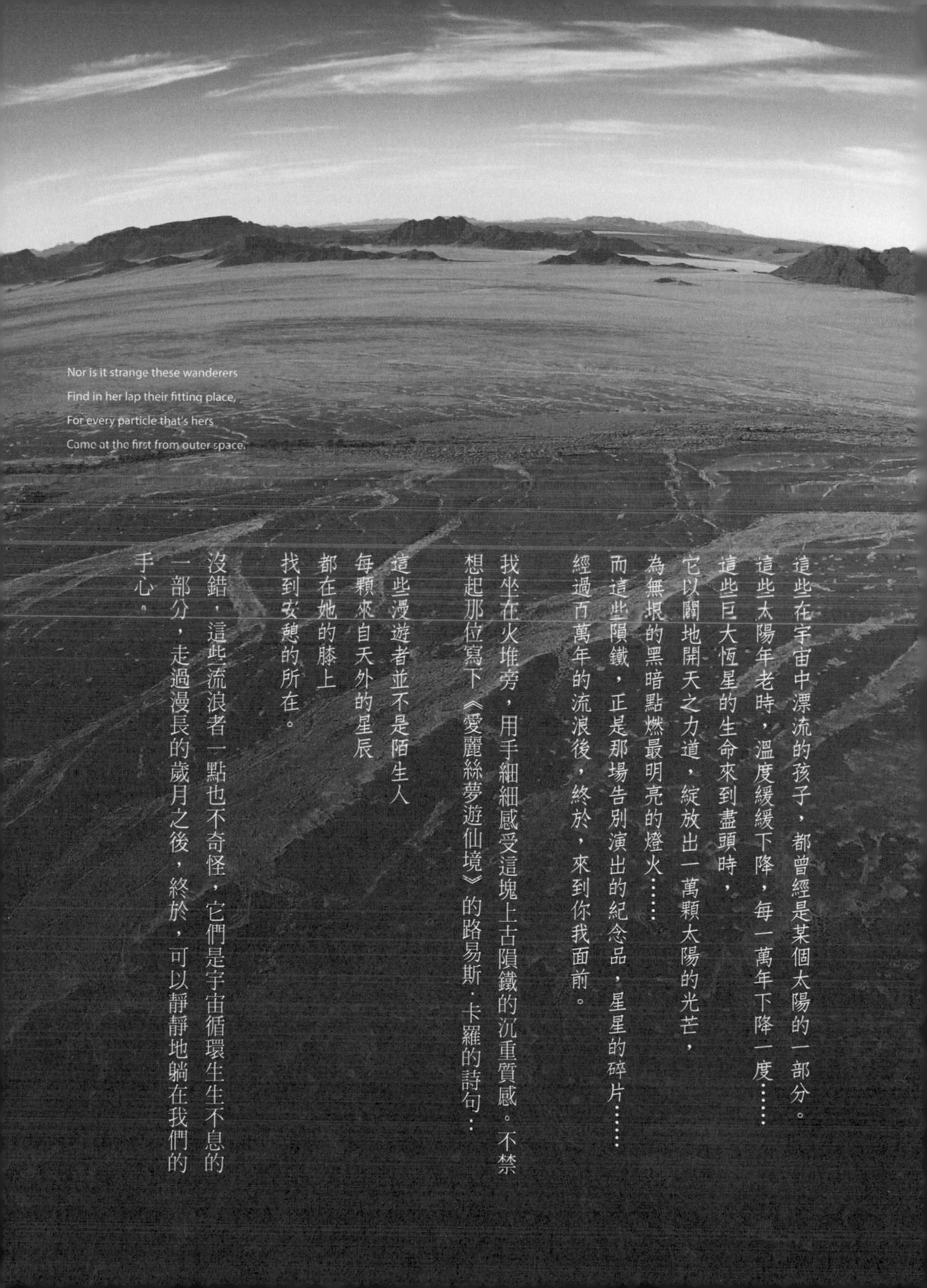

Nor is it strange these wanderers
Find in her lap their fitting place,
For every particle that's hers
Came at the first from outer space.

這些在宇宙中漂流的孩子，都曾經是某個太陽的一部分。
這些太陽年老時，溫度緩緩下降，每一萬年下降一度……
這些巨大恆星的生命來到盡頭時，
它以闢地開天之力道，綻放出一萬顆太陽的光芒，
為無垠的黑暗點燃最明亮的燈火……
而這些隕鐵，正是那場告別演出的紀念品，星星的碎片……
經過百萬年的流浪後，終於，來到你我面前。

我坐在火堆旁，用手細細感受這塊上古隕鐵的沉重質感。不禁想起那位寫下《愛麗絲夢遊仙境》的路易斯·卡羅的詩句：

這些漫遊者並不是陌生人
每顆來自天外的星辰
都在她的膝上
找到安憩的所在。

沒錯，這些流浪者一點也不奇怪，它們是宇宙循環生生不息的一部分，走過漫長的歲月之後，終於，可以靜靜地躺在我們的手心。

一個單純的動作，
伸手摘花、仰望星辰，
就讓人類進入「美」。
除了滿足本能的生理需求以外，
我們有了心靈的享受，
透過「美」，
我們得以穿越惡極窮凶的現實，
在過程中浮現渴望，
渴望認識自己，也渴望了解世界。

看星星的理由

星空下的冥想

當我聽到那博學的天文學家
在我面前，將證明與數據羅列出來，
給我圖表，叫我測量計算；
當我坐在講堂裡，聽著那天文學家滔滔不絕，
聽眾報以滿堂喝采，
不知為何，這所有的一切令我疲憊厭倦。
我站起身來，偷偷溜到戶外，恣意漫步，
在神祕微潤的夜空下，
我抬起頭來，
仰望那完美且沉默無語的點點繁星。

When I heard the learn'd astronomer,
When the proofs, the figures, were ranged in columns before me,
When I was shown the charts and diagrams, to add, divide, and measure them,
When I sitting heard the astronomer where he lectured with much applause in the lecture-room,
How soon unaccountable I became tired and sick,
Till rising and gliding out I wander'd off by myself,
In the mystical moist night-air, and from time to time,
Look'd up in perfect silence at the stars.

——— 惠特曼《草葉集》（Leaves of Grass，1855）

位於阿爾及利亞國境之南的阿傑爾（Tassili n'Ajjer），是一片無人居住，也尚未開發的惡地高原，如果再往地圖的下方前進，不出幾天，就會進入未知的空白，踏入撒哈拉瀚漠的核心。

這裡也是我所體驗過，最黑暗的所在。

從白晝到黑夜，是大自然最驚心動魄，也最富有戲劇張力及舞台效果的奇觀。

首先，午後的金黃逐漸褪成梵谷色調的檸檬黃，大地披上一層濃郁的暖色調。不久後，太陽逐漸消褪在地平線下，日夜交替的瞬間，稍縱即逝的綠光，為白晝畫下完美的休止符。

稍後，金星在夜幕低垂的穹頂下燃燒，熾灼明亮。

牧夫座也從東南方悄然升起，閃爍的大角星化為牧羊人腰帶上橙色的寶石。

打從遠古時期，牧夫座就被地上的人們注視著：巴比倫人將它尊奉為農業之神恩利爾（Enlil），庇佑著美索不達米亞平原上辛勤農忙的春耕夏耘；在荷馬史詩《奧德賽》中，它為尤里西斯照亮回家的路；有趣的是，住在南太平

Always reluctant to discuss himself and his art, Hopper simply summed up his art by stating, "The whole answer is there on the canvas."[46] Hopper was stoic and fatalistic—a quiet introverted man with a gentle sense of humor and a frank manner. Hopper was someone drawn to an emblematic, anti-narrative symbolism,[52] who "painted short isolated moments of configuration, saturated with suggestion".[53] His silent spaces and uneasy encounters "touch us where we are most vulnerable"[54] and have "a suggestion of melancholy, that melancholy being enacted".[55] His sense of color revealed him as a pure painter[56] as he "turned the Puritan into the purist, in his quiet canvasses where blemishes and blessings balance".[57] According to critic Lloyd Goodrich, he was "an eminently native painter, who more than any other was getting more of the quality of America into his canvases".[58]

Conservative in politics and social matters (Hopper asserted for example that "artists' lives should be written by

洋的玻里尼西亞人，也透過牧夫座的大角星，尋找往返夏威夷與大溪地的航路；流傳在尼泊爾與印度的吠陀占星術中，它則化為名為莎瓦迪（Swati）的幸運女神，守護著四月出生的孩子。

三十分鐘後，其他的星體在暮光褪去後逐次綻放輝芒。其中最顯著的，莫過於北天拱極的北斗七星，應該是人類史上知名度最高的星群，一八八八年梵谷在隆河畔所繪製的夜空主角，就是它們。

今天被劃入大熊座的北斗七星，從日耳曼地區到巴爾幹半島，都被看做是千里跋涉的大篷車；印度文明則為每一顆星取了名字，代表在上古時期的七位賢哲；而在阿拉伯人眼中，這七顆星星化成三名傷心欲絕的女子，帶著《馬克白》式的陰森悲涼，在淒愴的荒野中拖著棺材，緩緩前行。

但在夜空中，除了星星之外，還有一些平常無緣得見的自然現象，現在也可以清楚地感受：例如地球大氣層極其微弱的氣輝，沿著太陽軌道發散低彩度朦朧白輝的黃道光，再加上銀河的光芒，在這片原始純粹的黑暗中，即使沒有任何人工光源，我還是能在大自然的夜光下書寫、閱讀。

* * *

兩個小時後，我的眼睛差不多習慣黑暗，平常不太容易看到的星星也露臉了。基本上，在足夠的黑暗中，人類的肉眼一次約莫可以看見三千顆星星，精確地說，我們可以分辨出「星等」亮度散布在五．三到六．〇之間的星體。

現代天文學用「星等」來區分星體在天空中的相對亮度，不過比較普遍的說法，是用「視星等」，來描述我們在地球上所觀察到星星的亮度。

「星等」的概念，來自於古希臘的天文學家伊巴谷（Hipparchus），在他所制定的星圖中，將一千零二十五顆恆星以亮度分門別類，把最亮的星設定為「一等星」，最暗的星則定為「六等星」。伊巴谷的想法被學術界廣為接受，一用就是兩千年。

到了一八五〇年，英格蘭天文學家普森（Norman Robert Pogson），進一步將「星等」的概念數據化。普森發現一等星比六等星要明亮一百倍，他根據比例計算、量化，並且重新定義，根據新的星等標準，每級之間亮度相差二．五一二倍，織女星正是亮度比較的基準。

接近午夜零時，似乎所有的星星都現身了，來自天外的明亮光線，像是傾盆大雨般落在我身上。如此壯麗景象，讓我感到頭暈目眩，甚至還需要閉上眼睛，才能在黑暗中找回平衡。

當我們再度將視線投向無垠的黑暗中時，宇宙結構以驚異的方式在曠野上方展開。用最簡單的語言來描述，你會以為自己在銀河之中飄浮，這種令人心曠神怡的奇異感受，不是任何的 IMax-3D 電影或 VR 虛擬實境科技能夠比擬。

在這個完全沒有文明光害的所在，所看到的星空，是具有深度透視感及立體感的。

其實夜空不是全然的黑，更像是日本作家村上龍所說「接近無限透明的藍」，只不過夜空的藍，是極為深邃幽微的星海，向宇宙的盡頭延伸。正因為如此，我們可以清楚地「看見」哪些星星離我們比較近，哪些星星離我們比較遠。根據在伊拉克尼尼微圖書館所找到的泥板文書記載，人們在仰望星空的同時，發現了「空間」與「無限」。

生活在人造光線過度飽和的後工業文明中，我們根本不知道什麼才是真正的黑夜，因為大部分的人都不曾體驗過，自然也就沒有機會領略星空真正的魅力。

＊　＊　＊

一九九〇年代，認知心理學家曾經做過一項有趣的實驗，當你把一個字詞說了很多遍或讀很多遍，這個字詞會突然聽起來不再有任何意義。例如我們對自己反覆唸「beautiful」這個英文字，這個字的意義會在反覆的過程中逐漸模糊，直到你開始懷疑這個字的意思，甚至遺忘，正常人在這個時候應該都會感到一絲絲的不安惶恐——「難道我生病了嗎？」

這種對語言文字暫時性的失憶現象，心理學家稱之為「語意饜足」或「語意飽和」（semantic satiation）。

「語意饜足」的現象，不僅出現在單調重複的機械性背誦裡，同時也在日常之中重現。例如在報章雜誌、社群媒體中大量出現的「夢想」、「成功」、「經濟成長」、「折扣」、「安全」等字眼，淹沒了我們對生活的想像，喪失理想的立定與追求。

頻繁的重現，只會讓事物的本質模糊，蠶食我們對現實的細膩感受。

更進一步來說，人造光源的普及與泛濫，反而撲滅了我們內心對「光」的渴望及敬意。人間金迷紙醉的霓虹，遮蔽了我們與生俱來的好奇，冷卻了我們凝視夜空的溫柔。

想像，回到三萬年前，茹毛飲血的舊石器時代，在一天的狩獵採集後，我們拖著疲憊身軀，心滿意足地躺在黑暗中，仰望橫亙夜空的銀河。看著上方的點點繁星，我們心中生出無以名之的感激與感動。

在凝視中，眼皮變重了。白天為了生存的焦頭爛額，在晚風中，如潮水般緩緩退去，最後在星空下，人們沉沉睡去。

瑣碎庸碌後的無所事事，百無聊賴地仰望星空，本身就是意義，本身就是目的。

換個角度來看，似乎看星星這件事，是件無用的事。

那麼，我們為什麼還要做這些無意義、無用的事呢？

姑且讓我把主題岔開，談談我個人非常喜愛的文學作品——賈西亞．馬奎斯的《百年孤寂》，一本讓人睜著眼睛做夢的書。

＊　＊　＊

書中那位歷經多次革命的邦迪亞上校，退休後把自己關在祕密工作室中，全心全意地製作小金魚飾品。上校先要把金幣熔化，然後倒入主鑄模中塑形，當小金魚做好之後，再把它們拿去換成金幣。回到家後，上校再把新換取的金幣熔化，製作小金魚。

這份費時費工的循環，讓母親易家蘭看了，不禁熱淚盈眶：

對她這位務實的人來說，她搞不懂上校用小魚換金幣，然後再把金幣變小魚，如此沒完沒了的工作，到底是一門怎麼樣的生意！那使得上校必須要付出比收入報酬更多的心力，才能填補這個令人惱火的惡性循環。其實，令上校感興趣的不是生意，而是工作。

如今上校唯一感受到幸福的片刻，就是在工作室裡，把所有的時間用來為小魚鍍金：

他必須上過三十二次戰場，必須和死神一再失約，像一頭豬一樣在榮譽的泥沼中打滾，才能在將近四十年後，發現這份可貴的單純。

我們活在一個功利社會，這個社會追求金錢與權力的累積，卻放任精神世界荒蕪。在四十年戎馬生活之後，邦迪亞上校只在乎這種遠離利益憧憬的單純感受，沉浸於無關商業邏輯的小金魚上，而這份拒絕實用性與商業性的堅持，正定義了哲學與藝術的自由，確立了文藝復興以後美學家眼中人類的「神性」（Divinity）。

人類的「神性」，用文藝復興時期的人文學者米蘭多拉的話來說是，「超越一切實務與商業考量的無用知識」，這無用的知識，其實就是「美」。如果我們無法體悟「無用的實用性」及「實用的無用性」，就無法理解藝術。

十九世紀的東洋美學家岡倉天心，在他的《茶之書》中有段文字，正好可以用來印證「無用之用」的微妙：

當原始人第一次為他的女伴戴上花環，他便跨越了野蠻，透過這一個小小的動作，讓人的舉止提升到自然本能的需求之上，他變成了人。當人領略到無用之物的美妙時，他便踏入了藝術領域。

一個單純的動作，伸手摘花、仰望星辰，就讓人類進入「美」。除了滿足本能的生理需求以外，我們有了心靈的享受，透過「美」，我們得以穿越惡極窮凶的現實，在過程中浮現渴望，渴望認識自己，也渴望了解世界。我們稱這樣的衝動為「好奇心」（Curiosity）。

源自於拉丁文「關心」（curiosus）的「Curiosity」，原始意涵正是對日月星辰的凝望與憧憬。

＊　＊　＊

我坐在午夜的酷寒中，絢麗繽紛的銀河正在上方綻放異樣的光芒色彩。阿爾及利亞的阿爾傑，緯度與埃及的路克索（Luxor）相去不遠，因此和古埃及人所仰望的星空也大致相同。

古埃及人認定，尼羅河是銀河在紅塵人世的倒影。西元前三世紀的古希臘旅人就發現，在固定季節，夜空的銀河與撒哈拉邊緣的尼羅河，會呈現完美的契合。想像在星月交輝的夜裡，人們駕著輕舟，緩緩地浮泛在尼羅河上，看著水中倒映的銀河，為人們對於宇宙的想像，增添優雅與魔幻的色彩。

人類長時間觀測天體運行後，發現了日月星辰會周而復始的流轉，對應人世間的一切

NEFERTARI INSIDE THE TEMPLE

變化，開始了哲學的思考。

在古埃及帝王谷陵寢中，幾乎每座墓室天井或石棺頂部，都會畫下天空之神「努特」（Nut）的形象：一位深藍色皮膚、以星辰遮身蔽體的女子，畫師們通常都把她繪成弓形，象徵蒼穹的弧度。

古埃及人相信太陽神「拉」（Ra）每天日落後，就進入努特口中，隔日早晨再被她重新生出，這過程代表了日夜循環。

每天太陽都要歷經新生、死亡到重生的輪迴，而所有的一切，都在努特身體內發生。

這也就是為什麼古埃及人也相信，法老逝世後，靈魂會進入努特體內，然後像太陽神一樣重生。努特不僅是天空之神，同時化身為亡靈的守護神。

古埃及文明的「天」，是死生輪迴的界面；在華夏文明裡，「天」則是無始無終的宇宙運行。

從《易·說卦》或屈原的辭中，我們知道，天又稱為「圜」。不過，「圜」

指的是什麼呢？

東漢許慎在《說文解字》裡說：「圜，天體也」，接下來，他又寫著「圓，圜全也」；清代國學家段玉裁進一步引述《呂氏春秋》解釋：「圜，天道也。」這兩段話用現代語言來總結就是，在星移物換、往復循環中，世界綿延不絕，天道得以完全展現，古人就稱如此狀態為「圓」。

而在氣候節令的流轉中，地球上的生物會按照各自的生命節奏生長、繁衍、死亡，人們也配合天地時令有規律地作息——春耕、夏耘、秋收、冬藏，萬物各依其時、各有其類、

各司其職，這就是「方」。

華夏文明所說的「天圓地方」，並不是天地的形狀，是人類對宇宙形而上的思索。

午夜過後，營火逐漸熄滅，像遠古的人們一樣，我在一天的馳騁之後，放下所有的背景知識，用最單純的心情，躺在沙地，仰望漫天璀璨的星輝。

最後，在惺忪朦朧中，我將自己投向無垠星海，沉沉睡去。

尾聲

星星的孩子

天上的星星　為何？
像人群一般的擁擠
地上的人們　為何？
又像星星一樣的疏遠……

——羅青・〈答案〉

根據希伯來古老傳說，族長以諾（Enoch）與神同行三百年，並拜訪了天的盡頭。

他回來後，將所見所聞告訴自己的子女。在前往天的盡頭途中，天使一直陪同以諾，就這樣，以諾不僅了解永恆天空的玄奧，也窺見大氣形成風、雨、雷、電的祕密。

他看到雲的住處，看到了雲的嘴及翅膀、雨和水滴，以諾敘說雷鳴與閃電的美妙。

他看見雪的倉庫，看見存放冰與冷空氣的容器，並且轉述了管理員如何把它們放進雲裡。

以諾也拜訪過關著風的牢房，知道看守者會先把風抓出來，放在天秤上稱取重量，然後放入容器，再透過容器將風釋放到整個大地。這樣一來，放出來的風就不致於太過猛烈，毀滅世界。

他也看見天體運動的一切，數清了繁星的數目，清點了太陽的光線，明白太陽及行星的規律。

最後，以諾告訴自己的子女：「天的邊際，不是發亮的星星，也不是飄動的雲彩。天，碰觸樹的頂端，也碰觸我們腳邊的小草。」

我著迷於以諾星際漫遊後的沉思，這趟充滿異象啟示

《麥田群鴉》（Wheatfield with Crows，1890）

的旅程，揭示了人類對天堂的想像與嚮往，我們與宇宙的連結，既親密也微妙。在出生之前，我們身在何處，在往生之後，我們去向何方，這是以諾旅程的最後探問，也是身而為人的終極關懷。

* * *

生命從何而來？到哪裡去？

梵谷與高更，大概是通俗文化著墨最深，也最常被相提並論的兩位藝術家，在世人眼中：一位純樸天真、另一位驕縱蠻橫；一位善良卻離道叛經，另一位邪惡且自甘墮落；一位是自我凌虐的隱修士，另一位是居心叵測的操控者。

但不約而同的是，梵谷與高更各自以獨特的生命視野拓展藝術，所創作出來的一切都披上某種類似的神話色彩。他們的畫作，在今天看來，雋永、自然，神祕卻也真情流露。

《我們從哪裡來？我們是誰？我們要去哪裡？》
（D'où venons-nous ? Que sommes-nous ? Où allons-nous ?，1897）

當然，兩人也承擔著各自的艱辛與不幸。

一八九〇年，梵谷以《麥田群鴉》（Wheatfield with Crows）為自己的藝術及生命做一個了斷：揮之不去的陰霾自畫面上方匍匐地壓下……不知通往何處的道路，在意外所在戛然而止……漫天飛舞的烏鴉，散發出不寒而慄的焦慮……整幅畫充滿了困惑與絕望，即使在明亮中，畫家仍凝視著黑暗。這不僅僅是梵谷在生命末路徘徊的無助徬徨，同時也印刻著你我心中卑微踉蹌的潦倒窮途。

幾天後，梵谷舉槍自盡，得年三十七歲。

梵谷自殺後，高更在喪女之慟與貧病交困中完成《我們從哪裡來？我們是誰？我們要去哪裡？》（D'où venons-nous ? Que sommes-nous ? Où allons-nous ?），將他縈懷已久的失望與空虛，宣洩出來。

畫面右下角嬰兒與左下角的老嫗，構成從誕生到衰老的漫長歷程，而正中央伸手採取知識果實的女子，劃分了生命的兩極。在背景隱現的石雕、森林，與漫無目的游走的人們，是追尋信仰初心的寧靜神祕。

第一次站在這幅將近四公尺的畫作前，我內心被重重地捶了一下，與其說，高更探索生命從何而來，他更在乎人死後去向何方。透過線條，他畫下南太平洋式的牧歌情調，原始濃厚的象徵色彩，融合了信仰與現世、篤樸生活與虔誠性靈，不僅撩撥了看畫者內心槁木死灰的感性，更觸動了我們對永恆的嚮往與追求。

藝術家天問式的反詰，終究，離不開自身遭遇的生命情境。

* * *

生命從何而來？到哪裡去？

如果我說，我們降生於星塵，最終歸於星塵，你相信嗎？

回到宇宙初始，我們所知道的一切，都是從一百三十七億年前的大霹靂中誕生。在那場創世紀的大爆炸以前，時間、空間都不具任何意義。然而，世界就在無預警的狀態下發生。

大霹靂之後的三分鐘，宇宙是高溫白熱的，空間與時間在熾灼中誕生，光子、電子和質子融合成密集電漿，讓宇宙變得混沌、不透明。而新生的宇宙，也同時開始膨脹、冷卻。

終於，宇宙的溫度下降至原子可以形成的臨界點，週期表上最輕盈的元素——氫、氦與它們的同位素出現了。森羅萬象的世界，都從它們開始。

緊接著，從第三分鐘開始，新生宇宙的溫度與密度，繼續下降至核融合的規模。智慧型手機不可或缺的鋰、祖母綠內的鈹，與中醫用來清熱消毒的硼，都在這稱之為「太初核融合」（Big Bang Nucleosynthesis）的二十分鐘內產生。

接下來漫長歲月裡，第一顆古老的太陽綻放光芒。古埃及人相信「太陽是生命之源」，這句古諺對於物理宇宙學來說有不同的詮釋。首批出現的恆星是飄浮在無垠太空中的核子熔爐，將氫融合成氦，又進一步將氦融合為其他元素。構成生命基礎的元素，在無數個太陽內透過聚變合成。

慢慢地，恆星走向衰老，根據質量不同形成白矮星、中子星、黑洞，或紅巨星。在生命週期最後，核心只剩下鐵的核融合過程。鐵是在核融合中釋放熱能的最後一種元素。從此之後，所有的核融合反應開始吸熱而使恆星喪失能量，恆星很快向內塌縮，最後，形成超新星爆炸。

在超新星爆炸前，恆星融合反應創造的元素有矽、硫、氯、氬、鉀、鈣、鈧、鈦和鐵峰頂元素：釩、鉻、錳、鐵、鈷、鎳。我們視為珍寶的黃金與白銀，則是在超新星爆炸之後出現，至此，組成生命的要素全部出現。

不過，要宇宙中出現足量元素促成生命發生，無法單靠恆星生命一次的成住壞空，我們發現，至少要兩次以上的生命循環才足夠。我們的太陽與地球，就是宇宙創生後的第二輪產物。

＊　＊　＊

生命從何而來？到哪裡去？

如果，將我們的身體進行分析，你會發現，人體是由八十多種元素所組成，其中大多數原子，是由早已消失的恆星所融合產生的元素構成。只有氫原子是存在於恆星出現之前。從天體物理學的角度來看，人類有百分之九十是恆星灰燼。

換句話說，人類基本上就是恆星核融合的副產品，這些宇宙熔爐內不可思議的壓力和溫度，將崩塌的基本粒子聚合成更重的原子。我們的血液與骨骼，就是由這些較重的基本粒子所組成。一旦核融合結束，在恆星內核的元素最後藉著超新星爆炸，噴向宇宙四面八方。

那些飄散在宇宙的恆星灰燼，是由數不盡核融合所打造出來的原子所組成，並且在接近無垠的空間裡，一再聚合形成恆星與行星。

行星上所出現的「生命」，是自然奇妙的偶然與必然造成：蘇門達臘雨林內的犀牛、斯洛維尼亞石灰洞窟內的蠑螈、納米比亞沙漠上鬥豔爭奇的仙人掌、生長在大洋黑暗底層的玻璃海綿，乃至於被稱為「智人」的我們……，都是宇宙星塵的集結。

藉由如此非凡的轉變，地球上星星的孩子們得以仰望星空，感受來自於宇宙深處的光與熱。我們與日月星辰的距離看似遙不可及，事實上，人與萬物的差距十分接近，即使是距離我們有一百三十七億光年之遙的宇宙邊緣，仍可以找到與地球上所有生命息息相關的基本連結。

我們看到的彼此，都是由恆星而生，宇宙中所有的一切，彼此都深深地鏈結。當我們仰望浩瀚星空時，其實，也仰望著生命的無限可能。

人與宇宙親密的關係，原來是如此地深邃迷人。

生活風格 BLF085A

星空吟遊

國家圖書館出版品預行編目(CIP)資料

星空吟遊
謝哲青 著.--
第一版. -- 臺北市 : 天下遠見, 2016.11
面；　公分. -- (生活風格 ; BLF85)
ISBN 978-986-479-115-6(平裝)

855　　105020925

作者 — 謝哲青
出版策劃 — 李艾霖

總編輯 — 吳佩穎
責任編輯 — 李桂芬
封面設計 — 方序中（特約）
美術設計 — 張議文、Ancy PI（特約）
攝影 — 謝哲青、李艾霖、薛鎮球
圖片來源 — ShutterStock: 2,16,18,21,23,31,40,44,46,48-49,52-53（上排全，下排右起 1.2.3.5）,80,86,119-120,124,127,129-130,134-135,137-138,140,144,146,150,153,156,158,160,163-166,170,174,181,186,189 上 ,191,199 上 ,206-207,216,218,225-226,228,232-233,235,240,244,247-248,258 上 ,260；達志影像：34,36,51,67,74,89-90,95,100,107,113, 132-133,139,155,182,189 下 ,192,196,202,208,213,250,264-265；iStock: 56

出版者 — 遠見天下文化出版股份有限公司
創辦人 — 高希均、王力行
遠見・天下文化・事業群 董事長 — 高希均
事業群發行人／ CEO — 王力行
天下文化社長 — 林天來
天下文化總經理 — 林芳燕
國際事務開發部兼版權中心總監 — 潘欣
法律顧問 — 理律法律事務所陳長文律師
著作權顧問 — 魏啟翔律師
地址 — 台北市 104 松江路 93 巷 1 號 2 樓

讀者服務專線 — 02-2662-0012 ｜ 傳真 — 02-2662-0007, 02-2662-0009
電子郵件信箱 — cwpc@cwgv.com.tw
直接郵撥帳號 — 1326703-6 號　遠見天下文化出版股份有限公司

製版廠 — 中原造像股份有限公司
印刷廠 — 中原造像股份有限公司
裝訂廠 — 中原造像股份有限公司
登記證 — 局版台業字第 2517 號
總經銷 — 大和書報圖書股份有限公司　電話／ (02)8990-2588
出版日期 — 2021/ 9 /13 第二版第二次印行

定價 — NT$500
書號 — BLF085A
4713510942536
天下文化官網 — bookzone.cwgv.com.tw

天下文化
BELIEVE IN READING